Klarant Verlag

Dörte Jensen ist an der Küste aufgewachsen und liebt die unendliche Weite Ostfrieslands. Der raue Charme der Landschaft, die Sprache und die direkte Art der Norddeutschen haben es ihr angetan. Viele ihrer Ideen kommen der Autorin durch die Begegnungen mit den Menschen an der Küste. In ihrem Haus hinterm Deich findet Dörte Jensen die Ruhe und Inspiration, um ihre spannenden Romane und Krimis entstehen zu lassen. Mit ihren Geschichten möchte die Schriftstellerin ihre Leser mitreißen und zugleich immer auch einladen zu einem literarischen Besuch Ostfrieslands und der ostfriesischen Inseln.

Dörte Jensen

Borkumer Feuerteufel

Borkumer Polizei ermittelt 7

Ostfrieslandkrimi

Klarant Verlag

Klarant Verlag, www.klarant.de – www.ostfrieslandkrimi.de
ISBN: 978-3-96586-875-5
1. Auflage 2023
Umschlagabbildung: Klarant Verlag

Printed in the EU.

Feuerteufel

Borkum, Juli

Die dunkle Gestalt zog sich die Kapuze des schwarzen Hoodies über den Kopf und das Halstuch bis über die Nase. Aus dem schmalen Augenschlitz musterte sie ihre Umgebung.

Auch wenn es nach Mitternacht auf Borkum weitestgehend ruhig war und die meisten Urlauber nach einem Strandtag friedlich in ihren Betten schlummerten, musste sie vorsichtig sein – schließlich gab es auch Nachteulen, die bis zum Sonnenaufgang durchfeierten. Selbst wenn die meisten von ihnen um diese Zeit ordentlich angeschickert sein dürften, durfte sie sich keinen Fehler erlauben.

Die dunkle Gestalt schulterte den Rucksack und eilte in geduckter Haltung zum direkt hinter den Dünen liegenden Parkplatz, der während der Hauptsaison bis auf den letzten Platz gefüllt war. Sie duckte sich zwischen zwei Fahrzeuge, stellte den Rucksack auf den Boden und öffnete ihn. Darin waren eine mit Benzin gefüllte Plastikflasche und verschiedene Baumwolltücher.

Sie schraubte den Tankdeckel des neben ihr stehenden Sportwagens auf, tränkte einen Lappen mit Benzin und steckte ihn in den offenen Tank. Den Rest der brennbaren Flüssigkeit verteilte sie auf der Motorhaube.

Mit einem hämischen Grinsen zog sie das Feuerzeug aus der Hosentasche und entzündete zunächst den mit Benzin getränkten Stoff, bevor sie die feucht glänzenden Lachen auf der Motorhaube ansteckte. Die Flammen loderten fauchend auf und tanzten auf dem Fahrzeug. Sekunden später zerfetzte eine Alarmanlage die nächtliche Stille. Schattengleich huschte der Feuerteufel zur Kaapdelle und verschwand von dort aus in der Dunkelheit.

Windlooper

Borkum, Juli

Ragnar Hansen schreckte auf. Dabei stieß er mit dem rechten Fuß, der in einer geringelten Socke steckte, gegen die halbvolle Kaffeetasse. Diese fiel um und verteilte eine ölig aussehende Brühe auf dem Schreibtisch.

»Schiet ok«, fluchte er, nahm die Füße vom Schreibtisch und griff nach dem Telefon.

»Polizeidienststelle Borkum. Hansen«, bellte er in den Hörer, während er ein Papiertaschentuch aus der Schublade kramte und die Pfütze neben seiner Tastatur damit aufwischte. Beim Sprechen wippte die halb gerauchte Zigarre, die wie festgetackert zwischen seinen Lippen klemmte, auf und ab.

»Feuer. Es brennt.« Der Anrufer war in seiner Aufregung kaum zu verstehen. Der Hauptkommissar, der sich während der Nachtschicht eine Denkpause, wie er ein Nickerchen nannte, gegönnt hatte, war nun hellwach.

»Haben Sie die Feuerwehr alarmiert?«

»Ja. Was soll ich jetzt machen?«

»Ruhig bleiben und sich keinesfalls in Gefahr begeben. Wo brennt es denn?«

»Parkplatz. Hinter den Dünen, direkt neben der Strandpromenade.«

»Ich bin gleich bei Ihnen.«

Hansen beendete das Telefonat, schlüpfte in seine unter dem Schreibtisch stehenden Clogs und zog sich den Friesennerz über. Mit schnellen Schritten verließ er die Polizeistation, schwang sich auf sein E-Bike und radelte zum Parkplatz.

Als er dort ankam, waren die Rettungskräfte bereits vor Ort und löschten einen brennenden Wagen. In der Nähe des

Fahrradverleihs stand ein übergewichtiger Mann, der sich an einer Bierflasche festklammerte wie an einem Rettungsanker.

»Moin. Hatten Sie angerufen?«

Der Angesprochene musterte Hansen mit glasigen Augen. »Sind Sie etwa von der Polizei?«

»Jo.« Der Hauptkommissar zeigte ihm seinen Dienstausweis und fragte dann: »Haben Sie jemanden gesehen?«

»Nee, da waren nur Flammen. Hat der Feuerteufel wieder zugeschlagen?« Bei der Frage beugte sich der Spätheimkehrer vor und flüsterte, als dürfte ihn außer dem Hauptkommissar niemand hören. Dieser wich instinktiv einen Schritt zurück, denn der Kerl hatte eine derartige Fahne, dass er damit sogar vorbeifliegende Möwen alkoholisieren konnte.

»Das werden unsere Ermittlungen zeigen. Wenn ich Ihre Personalien aufgenommen habe, können Sie gehen.«

Hansen notierte sich Namen und Adresse des Nachtschwärmers, der nach einem letzten Blick auf das inzwischen gelöschte Auto Richtung Bahnhof schlurfte. Gedankenverloren sah ihm der Hauptkommissar einen Moment lang nach und rief dann seinen Kollegen Jan Jepsen an.

»Wasnlos?«, nuschelte dieser verschlafen.

»Auf dem Parkplatz neben der Strandpromenade brennt ein Wagen. Beweg deinen Hintern aus dem Bett, aber zackig.«

»Kannst du das nicht allein machen? Ich muss endlich mal wieder schlafen.«

»In deinem Alter habe ich nächtelang durchgearbeitet. Beeil dich. Du musst den Tatort sichern und nach Spuren suchen.«

Hansen beendete das Telefonat, steckte sein Smartphone wieder ein und schritt zu den Feuerwehrleuten.

»Moin Hauke«, grüßte er einen bärtigen Mann, der gerade zum Einsatzfahrzeug zurückkehrte.

»Ragnar, was machst du denn hier? Sollte ein alter Mann wie du nicht längst in Rente sein?«

»Ik schiet di wat mit alter Mann. War das Brandstiftung?« Mit einem Kopfnicken deutete der Hauptkommissar zu dem ausgebrannten Wagen.

»Sieht ganz danach aus. Glücklicherweise ist die Flamme des benzingetränkten Lappens ausgegangen, bevor sie den Tank erreicht hat. Eine Explosion auf dem Parkplatz hätte verheerende Auswirkungen gehabt. Wir sind hier fertig und machen uns jetzt vom Acker. Holl di munter.« Er schlug Hansen freundschaftlich auf die Schulter und stieg mit seinen Kollegen in den Feuerwehrwagen, der sich kurz darauf in Bewegung setzte.

»Warum hat das denn so lange gedauert?«, wollte der Hauptkommissar von Jan wissen, der wenig später angeradelt kam. Obwohl seit dem Anruf keine Viertelstunde vergangen war, wirkte der junge Polizist wie aus dem Ei gepellt. Die Uniform wies keine Falte auf und die Haare lagen so akkurat, als käme er gerade vom Friseur.

Jan stellte den Rostesel, wie er sein altes Fahrrad nannte, ab und betrachtete den von den Flammen beschädigten Sportwagen. »Ich bin so schnell wie möglich gekommen. Hat der Täter dieses Mal eine Spur hinterlassen?«

»Das kannst du mir hoffentlich sagen, nachdem du den Tatort gesichert und gründlich unter die Lupe genommen hast.«

»Na toll. Und was machst du in der Zeit?« Jan blickte seinen Vorgesetzten mit großen Augen an.

»Nachdenken. Mit dieser altmodischen Art der Polizeiarbeit habe ich in meinem Leben schon viele Fälle gelöst.«

Hansen winkte ihm zum Abschied zu und kehrte zur Polizeistation zurück. Dort hängte er seinen Friesennerz an die Garderobe und machte sich einen Kaffee der Marke *Herztod*, den außer ihm niemand trinken konnte.

Er füllte den aromatischen Koffeinkick in seinen Lieblingsbecher, auf dem ein Heringsschwarm abgebildet war, und trank einen Schluck. Mit dem Becher in der Hand kehrte er aus der kleinen Küche zu seinem Arbeitsplatz zurück und setzte sich an den Schreibtisch.

Er musste den Feuerteufel erwischen, bevor jemand verletzt oder sogar getötet wurde. In der heutigen Nacht hatte der Verbrecher bereits das dritte Fahrzeug innerhalb einer Woche in Brand gesteckt. Der Borkumer Bürgermeister sorgte sich inzwischen um die Sicherheit seiner Gäste, und die Hoteliers rechneten mit Stornierungen, wenn die Urlauber um ihre Autos fürchten mussten. Sollte die Brandserie länger anhalten, würde sie sich negativ auf den Tourismus auswirken, und das war … genau das, was die *Windlooper* wollten. Steckte die Borkumer Naturschutzgruppe hinter den Bränden?

Hansen wandte sich seinem Computer zu und gab die drei Begriffe *Windlooper*, *Borkum* und *Umweltschutz* in die Maske einer Internetsuchmaschine ein, wie Jan es ihm gezeigt hatte.

Auch wenn dem Hauptkommissar das digitale Wunderland, in dem jede Lüge zur Wahrheit wurde, wenn man sie nur oft genug wiederholte, suspekt war, konnte auch er im Internet inzwischen wichtige Informationen finden.

Wenige Augenblicke später hatte er einige Einträge zu den *Windloopern* gefunden, in denen sie zu Demonstrationen für ein autofreies Borkum aufriefen. Er klickte auf den obersten Link und blickte kurz darauf in die stahlgrauen Augen von Hanno Ekhoff. Der Vogelkundler wirkte mit der lockigen Mähne, die er mit einem Stirnband gebändigt hatte, und dem wild wuchernden Bart wie ein Pirat aus früheren Zeiten.

War der Anführer der Windlooper ein moderner Freibeuter, der seine Ziele auch mit Gewalt durchsetzte?

Nach einer Stunde, in der er sich durch viele Links geklickt hatte, zückte Hansen das Smartphone und rief Jan an. Sein Kollege hatte den Tatort inzwischen gesichert und mit einer Taschenlampe nach Spuren gesucht – allerdings ohne verwertbare Hinweise zu finden.

»Ich werde Ekhoff und seine Jungs noch einmal durch die Mangel drehen«, informierte er ihn.

»Nach dem Streit bei der letzten Befragung sollte ich dich besser begleiten. Ohne Tageslicht werde ich hier ohnehin keine brauchbaren Spuren entdecken.«

»Da ist was dran.«

»Hältst du eine Vernehmung wirklich für eine gute Idee? Schließlich sind die Umweltschützer nach deiner letzten Befragung nicht gut auf uns zu sprechen.«

»Das ist mir egal.«

»Wenn du meinst.«

Wenige Minuten später radelten die beiden Polizisten Richtung Ostland. Die Windlooper lebten als Wohngemeinschaft in einem renovierungsbedürftigen Haus in der Nähe der Kobbedünen. Jan musste ordentlich strampeln, um mit der Geschwindigkeit, die sein Vorgesetzter dank des Elektromotors vorlegte, mithalten zu können.

Vor dem Gebäude, das etwas abseits der Straße lag, stellten sie die Räder ab. Jan stützte die Hände auf den Oberschenkeln ab und rang nach Luft.

»Du musst mehr trainieren. In deinem Alter hätte ich den Weg auch laufend und in der Hälfte der Zeit zurückgelegt.« Hansen blickte zu dem Haus, hinter dessen Fenstern kein Licht brannte, und schlich dann zu einem auf dem Grundstück stehenden Schuppen. Er zog den Riegel zurück und öffnete die Tür, die dabei entsetzlich quietschte.

»Dafür brauchen wir einen Durchsuchungsbeschluss«, mahnte Jan, der hinter ihm stand.

»Schlauschnacker.« Der Hauptkommissar ignorierte den Einwand seines Kollegen, aktivierte die Taschenlampenfunktion des Smartphones und ließ den Lichtstrahl durch einen Raum schweifen, der einer kleinen Tischlerei glich. Wie er inzwischen wusste, werkelten die Mitglieder hier an Schildern und Bannern für die Demonstrationen.

»Es riecht nach Benzin, findest du nicht auch?« Hansen schnupperte wie ein Hund, der eine Witterung aufgenommen hatte. »Ich wette, dass wir hier …«

»Das ist voll der Bullenterror!«, ertönte urplötzlich eine tiefe Stimme hinter ihnen. Hansen trat aus dem Schuppen und richtete das Licht auf einen hünenhaften Mann, der im Eiltempo auf sie zustampfte. Sein Gesicht war vor lauter Haaren kaum zu sehen. Bekleidet war er nur mit Boxershorts und einem T-Shirt.

»Moin. Wir wollen …«

»… verschwinden, aber sofort«, unterbrach Ekhoff den Hauptkommissar und deutete zur Straße.

»Wir haben uns nur etwas umgesehen. In dem Schuppen riecht es nach Benzin, findest du nicht auch?«

»Darin ist eine ältere Kreissäge, die mit einem Dieselmotor angetrieben wird. Deshalb bewahren wir dort auch Benzinkanister auf. Wollen Sie mir deshalb wieder eine Brandstiftung anhängen?« Der Hüne baute sich eine Armlänge vor Hansen auf.

»Wo waren Sie in den letzten drei Stunden?« Obwohl ihn sein Gegenüber um mehr als einen Kopf überragte, zeigte sich der ältere Polizist von der körperlichen Überlegenheit vollkommen unbeeindruckt.

»Im Haus. Meine Jungs können das bezeugen.« Ekhoff formte Daumen und Zeigefinger zu einem Kreis, steckte sich diese in den Mund und pfiff in einer Lautstärke, die man bis zum Festland hören musste.

»Hast du deine Anhänger wie Hunde dressiert?« Der Hauptkommissar wich keinen Schritt zurück.

»Noch so einen Spruch, und ich grabe dich bei Ebbe im Watt ein.« Der Umweltaktivist hob die Hände, die groß wie Schaufeln waren.

»Sie sollten sich mit Drohungen Ermittlungsbeamten gegenüber zurückhalten, sonst …«

»Was ist denn hier los?«

Jan verstummte, als ein schmächtiger Kerl, der sich problemlos hinter Ekhoff verstecken konnte, aus dem Haus geschlurft kam.

»Die Bullen machen wieder Stress.«

»Echt jetzt? Warum denn?«

»Vor wenigen Stunden ist ein weiteres Auto einem Brandanschlag zum Opfer gefallen.« Hansen drehte sich zu dem Neuankömmling um, dem drei weitere Gestalten folgten.

»Damit haben wir nichts zu tun.« Ekhoff verschränkte seine muskulösen Arme demonstrativ vor der Brust. »Oder sieht das jemand von euch anders?« Die Frage richtete er an seine Mitstreiter, die inzwischen einen Halbkreis um die Polizisten gebildet hatten.

»Nee, Gewalt ist nicht unser Ding«, ließ sich der Schmächtige vernehmen.

»Die Aktion spielt euch doch in die Karten.« Der Hauptkommissar ließ den Lichtstrahl seiner Smartphone-Taschenlampe von einem zum anderen wandern.

»Na und? Deshalb sind wir noch lange keine Verbrecher«, verteidigte sich Ekhoff. »Jemand nutzt unsere Forderung nach einem autofreien Borkum für seine eigenen Zwecke.«

»Und welche sollten das sein?«, hakte Jan sofort nach.

»Keine Ahnung. Ihr seid doch die Bullen.«

»Mit Beleidigungen dieser Art würde ich an eurer Stelle vorsichtiger sein«, ließ sich der Hauptkommissar vernehmen. »Sonst hat euch mein Kollege schneller eingebuchtet, als ihr *Moin* sagen könnt.«

»Macht euch doch mal locker«, ließ sich ein Lockenkopf vernehmen. »Wir haben heute Abend zusammen gegessen und sind dann schlafen gegangen.«

Hansen blickte in die Runde. »Ich nehme an, dass ihr euch, wie bei den letzten Bränden auch, gegenseitig Alibis geben könnt.«

»Stimmt haargenau!« Ekhoff grinste, was unter dem Bart kaum zu sehen war.

»Dürfen wir uns auch ohne Durchsuchungsbeschluss hier umsehen?« Der Hauptkommissar blickte in die Runde. Die Männer wechselten rasche Blicke und nickten dann wie auf ein unsichtbares Kommando hin.

»Wir haben nichts zu verbergen.« Ihr Anführer trat in den Schuppen und schaltete das Deckenlicht und eine Arbeitsleuchte ein. Die Polizisten sahen sich zunächst in der provisorischen Schreinerei und dann im Haus um, ohne einen verdächtigen Hinweis auf den Feuerteufel zu finden.

»Sie können uns von der Liste der Verdächtigen streichen.« Ekhoff winkte den Beamten zum Abschied zu und schloss dann die Haustür hinter sich.

»Die Windlooper werden alle Beweise bereits vernichtet oder versteckt haben«, mutmaßte Jan und schwang sich auf den Fahrradsattel.

»Das wäre möglich.« Hansen tat es ihm gleich und radelte los. »Dennoch bin ich unsicher, ob die Jungs wirklich hinter den Brandanschlägen stecken. Deine Freundin könnte etwas damit zu tun haben. Schließlich hat sie Flyer der Windlooper in ihrer Buchhandlung ausliegen.«

»Obwohl Heike die Autos am liebsten von der Insel verbannen würde und für einen sanften Tourismus im Einklang mit der Natur plädiert, hat sie nichts damit zu tun.«

»Da bin ich keinesfalls sicher, denn Gessner verfügt als Autorin über kriminelle Kreativität. Meiner Meinung nach könnte sie durchaus die Brandstifterin sein.« Hansen legte einen Zahn zu und fuhr voraus.

»Nicht so schnell«, japste Jan und trat fester in die Pedale, bis er seinen Vorgesetzten wieder eingeholt hatte. »Du weißt, dass sie … niemals … Gewalt anwenden … würde.«

»Heike ist mitunter ganz schön auf Krawall gebürstet.«

»Das ist … was anderes … fahr langsamer!« Die Beine des jungen Polizisten bewegten sich auf den Pedalen in rasendem Tempo auf und ab, wie Kolben einer Maschine.

Der Hauptkommissar drosselte das Tempo. »In deinem Alter …«

»Halt den Sabbel.« Jan schöpfte etwas Atem und nahm den Gesprächsfaden dann wieder auf. »Heike hat mit der Sache nichts zu tun. Sollten die Windlooper hinter der Brandserie stecken, werden sie die Sympathien der Insulaner, die sich ebenfalls für eine autofreie Insel einsetzen, verlieren.«

»Das sehe ich auch so. Aber wer außer den Windloopern könnte denn ein Motiv für die brennenden Autos haben?«

»Der Feuerteufel könnte ein gelangweilter Jugendlicher sein, der einen Adrenalinkick sucht. Vielleicht ist es auch eine Gang halbstarker Vollpfosten, die sich damit die Zeit vertreibt. Denkbar wäre auch eine Mutprobe oder eine Art Aufnahmeritual.«

»Wir sind hier auf Borkum und nicht in New York, wo rivalisierende Gangs sich gegenseitig das Leben zur Hölle machen«, gab der Hauptkommissar zu bedenken.

»Aber auch hier könnten sich junge Leute zu Banden zusammenrotten. Denk nur an die Auszubildenden in der Gastronomie, die von dem wenigen Geld kaum über die Runden kommen. Vielleicht schlagen einige von ihnen in ihrem Frust über die Stränge. Der Brandstifter könnte auch ein Angestellter sein, der sich damit an den Gästen rächt, weil er sich von ihnen schlecht behandelt fühlt. Du kennst die Arroganz, mit der manche Urlauber die Bediensteten behandeln. Hast du mal daran gedacht, dass die Wagen nicht zufällig ausgesucht wurden? Wir sollten so schnell wie möglich einen Zusammenhang zwischen den Fahrzeughaltern überprüfen. Sie könnten alle in demselben Hotel abgestiegen sein oder dasselbe Restaurant besucht haben.«

»Da ist was dran. Die Überlegungen hätten auch von mir kommen können«, grummelte der alte Hansen. »Dann wollen wir uns mal an die Arbeit machen.«

»Mitten in der Nacht?« Jan blickte ihn mit weit aufgerissenen Augen an.

»Das Böse schläft bekanntlich nicht. Los jetzt, worauf wartest du noch?« Der Hauptkommissar beschleunigte das Tempo wieder. Jan zuckelte hinterher.

Luxusschlitten

Borkum, Juli

»Ich bin todmüde.« Jan lehnte sich am späten Vormittag in seinem Bürostuhl zurück und fuhr sich mit der rechten Hand über die Augen.

»Du solltest meinen Kaffee trinken, der bringt dich wieder auf Touren.« Der Hauptkommissar hob seinen Becher.

»Sicherlich nicht, denn dein Gesöff bringt mich keinesfalls auf Trab, sondern wegen eines Herzinfarktes direkt in die Notaufnahme.«

»Ich mache mir wirklich Sorgen um deine Generation. Leute wie du rauchen nicht, trinken wenig Alkohol und vertragen keinen anständigen Kaffee mehr.«

»Ich versuche mich lediglich gesund zu ernähren. Was ist falsch daran?« Jan verschränkte die Hände im Nacken.

»Das kann keinesfalls gesund sein. Sieh dich doch an. Du bist nur ein Schatten deiner selbst.«

»Ich habe kaum geschlafen. Vielleicht sollte ich es doch mit einer kleinen Dosis deines Kaffees versuchen. Ein paar Schlucke werden mich schon nicht umbringen.« Jan stand auf und verschwand in der kleinen Küche. Kurz darauf kehrte er mit einer Tasse in der Hand zurück. »Versprich mir, keine Erste Hilfe zu leisten, wenn ich gleich vom Stuhl kippe. Bei deinem Atem bekomme ich sonst eine Nikotinvergiftung.«

»Tünkram. Mein Atem ist frisch wie eine Nordseebrise. Früher waren die Mädels ganz scharf auf …«

»Stopp. Davon will ich nichts hören.« Jan hob in einer abwehrenden Haltung die Hände. »Statt Geschichten zu erzählen, sollten wir uns lieber auf die Ermittlungen konzentrieren. Was haben wir bisher?«

»Neben dem Suffkopp einen älteren Mann, der kurz nach dem Feuer eine schwarz vermummte Gestalt gesehen haben will. Bei den Fahrzeughaltern der letzten beiden Brände waren keine Gemeinsamkeiten erkennbar.«

»Wer ist für die Ermittlungen in der Brandserie zuständig?«

Eine hochgewachsene Frau, die Hansen auf einen Meter achtzig schätzte, stolzierte auf ihren Pumps in das Büro der Polizeistation. Die kurzgeschnittenen schwarzen Haare umrahmten ein schmales Gesicht mit hervorstehenden Wangenknochen. Die Lippen waren in einem dunkelroten Farbton nachgezogen. Bekleidet war sie mit einem dunkelblauen Kostüm, das ihre schlanke Figur betonte.

»Auf Borkum sagt man erst einmal *Moin*.« Der Hauptkommissar drehte sich zu der Frau um.

»Sparen Sie sich die Förmlichkeiten. Ich will wissen, ob Sie den Täter bereits dingfest gemacht haben.« Sie trat unaufgefordert an seinen Schreibtisch.

»Wir ermitteln in alle Richtungen.« Der Hauptkommissar ließ sich von der resoluten Frau nicht aus der Ruhe bringen.

»Mit anderen Worten: Sie haben keine Ahnung. Ich will, dass der Feuerteufel, der meinen Ferrari in Brand gesetzt hat, umgehend verhaftet wird. Wissen Sie eigentlich, wer ich bin?«

»Melanie Olschewski. Das haben wir anhand des Nummernschildes bereits festgestellt. Sie sind Notarin aus Emden und besitzen eine restaurierte Strandvilla in der Hindenburgstraße. Viele Insulaner sind nicht gut auf Sie zu sprechen, weil Sie Borkum in eine Wohlfühloase für Reiche verwandeln möchten. Der Bürgermeister ist ein enger Freund von Ihnen und …«

»Woher wissen Sie das alles?«, unterbrach sie Hansens Redefluss.

»Ich mache nur meinen Job. Zudem habe ich Sie heute Vormittag angerufen, bin aber leider nur auf der Mailbox gelandet.«

»Ich hatte zu tun«, entgegnete Olschewski schmallippig.

»Wir auch.« Hansen lehnte sich im Stuhl zurück.

»Das sieht aber nicht danach aus.« Die Besucherin funkelte ihn aus giftgrünen Augen an.

»Wie haben polizeiliche Ermittlungen Ihrer Meinung nach denn auszusehen?«, fragte Jan und musterte Olschewski mit kritischem Blick.

»Weiß auch nicht. Irgendwie … aktiver.« Sie fuchtelte mit der Hand in der Luft herum.

»Aha«, ließ sich Hansen vernehmen und schob den Zigarrenstumpen in den rechten Mundwinkel, bevor er fragte: »Kennen Sie jemanden, der Ihnen schaden oder sich an Ihnen rächen möchte?«

»Eine erfolgreiche Frau wie ich hat viele Neider. Da mir aber niemand offen gedroht hat, kann ich Ihnen leider keine Namen nennen.«

»Das habe ich mir gedacht. Weshalb sind Sie momentan auf Borkum?«, fragte der Hauptkommissar.

»Ich habe mich auf der Insel mit einem Mandanten getroffen, um mit ihm den Entwurf eines Kaufvertrages durchzusprechen.«

Hansen nickte, als hätte er diese Antwort erwartet. »Wo waren Sie in der letzten Nacht?«

Bei dieser Frage ließ er die Notarin nicht aus den Augen. Als erfahrener Ermittler wusste er, dass sich Verbrecher oft weniger durch Worte, sondern mehr durch Gesten oder Mimik verrieten. Olschewskis Mundwinkel zuckten kurz, dann war ihr Gesicht wieder eine perfekt geschminkte Maske.

»Ich wüsste nicht, was Sie das angeht. Werde ich etwa verdächtigt, meinen eigenen Wagen abgefackelt zu haben?«

»Sie könnten Ihren Ferrari in Brand gesetzt haben, um die Versicherungssumme zu kassieren.« Hansen musterte sein Gegenüber mit stechendem Blick.

»Das ist eine ungeheuerliche Unterstellung. Ich bin ein Opfer, keine Täterin. Statt unschuldige Menschen zu verdächtigen, sollten Sie sich lieber auf die Suche nach dem Feuerteufel machen.« Mit diesen Worten drehte sich Olschewski um und trippelte aus der Polizeistation.

»Was für eine arrogante Schnepfe«, schimpfte Jan.

»Jo. Sie hat uns auch nicht alles gesagt. Ich verwette meine Pension darauf, dass sie nicht nur wegen eines Mandantentermins auf Borkum ist.« Der Hauptkommissar hakte die Daumen unter seine Hosenträger.

»Denkst du wirklich, dass sie ihren Wagen selbst angezündet hat?« Der junge Polizist stützte die Ellenbogen auf den Schreibtisch und beugte sich vor.

»Keine Ahnung. Kannst du Olschewski genauer unter die Lupe nehmen? Du kennst dich mit diesem Daddelkasten doch gut aus.« Hansen deutete auf den Computer.

»Sollte das etwa eine Aufforderung zum Hacken sein?« Jan, der vor seiner Versetzung nach Borkum ursprünglich in der Abteilung für Cyberkriminalität hatte arbeiten wollen, grinste.

»Natürlich nicht, so etwas ist doch illegal.« Die Entrüstung in der Stimme seines Vorgesetzten hatte einen leicht amüsierten Unterton.

»Dann bin ich beruhigt.«

»Bei der Gelegenheit könntest du dir auch gleich ihr persönliches Umfeld ansehen. Während dieser Zeit werde ich über andere Ermittlungsansätze nachsinnen und mir über weitere Täter Gedanken machen.«

Hansen schlüpfte aus seinen Clogs, legte die Füße auf den Schreibtisch und die Hände auf den Bauch. Dann schloss er die Augen.

Urlaubssemester

Borkum, Juli

»Ihre Romane sind toll. Hoffentlich kann ich eines Tages auch so gut schreiben.«

In der Buchhandlung drehte sich Heike Gessner am späten Nachmittag zu der Kundin um, die sie von der Seite angesprochen hatte.

Die junge Frau hatte blau gefärbte Strähnen in den blonden Haaren, die farblich perfekt zu ihren Augen passten. Zu einem weißen T-Shirt mit dem Aufdruck einer fliegenden Möwe trug sie blaue Shorts. Über der Schulter hing eine Tragetasche aus beigem Stoff.

»Danke für das Kompliment. Waren Sie in den letzten Tagen öfter im *Borkumer Bookje*? Ich meine, mich an Sie erinnern zu können.«

»Nein, ich bin erst gestern angereist. Aber ich war heute Morgen schon einmal in der Buchhandlung, habe aber nicht den Mut gefunden, Sie anzusprechen.«

»Sehe ich so gefährlich aus?« Heike strich sich eine Locke aus der Stirn und lächelte die Kundin an.

»Natürlich nicht.« Die Angesprochene blickte zu Boden. »Sie sind aber eine bekannte Schriftstellerin und ich nur …«

»So berühmt bin ich nicht«, winkte Heike ab und fragte interessiert: »Schreiben Sie auch Bücher?«

»Nein, das heißt, ja … ich versuche es zumindest.« Die Frau mit den blauen Strähnen deutete auf ihre Tasche. »Meinen Laptop habe ich immer dabei, damit ich jede Idee sofort in die Tasten hämmern kann. Leider fällt mir kaum etwas Interessantes ein. Jetzt will ich Sie aber nicht länger von der Arbeit abhalten.«

»Die kann warten. Ein gutes Gespräch nicht. Wenn Sie mir beim Einsortieren der Bücher helfen, können wir reden, ohne dass die Buchhandlung später aussieht, als wäre ein Herbststurm durch die Regale gefegt.«

»Gerne. Ich bin übrigens Leonie.« Sie reichte der Buchhändlerin unbeholfen die Hand.

»Heike Gessner, aber das wissen Sie bestimmt schon.« Heike ergriff die Hand. »Wie weit sind Sie denn mit Ihrem Roman?«

»Ich habe noch nicht einmal angefangen. Seit Wochen suche ich nach einem perfekten ersten Satz. Inzwischen habe ich schon Hunderte Zeilen gelöscht, weil die Worte so stümperhaft geklungen haben. Ihnen fliegen die Sätze sicherlich zu, ohne dass Sie darüber nachdenken müssen.«

»Nenn mich bitte Heike, sonst fühle ich mich so alt. Beim Schreiben mache ich mir tatsächlich kaum Gedanken über Satzaufbau und Textstruktur. Manchmal habe ich das Gefühl, dass der Text ohne mein Zutun durch meine Finger in die Tastatur fließt. Ich weiß, wie bescheuert das klingt.«

»Überhaupt nicht. Meiner Meinung nach können nur große Schriftsteller so intuitiv schreiben wie Sie. Anfänger wie ich reihen stundenlang Wort an Wort, bis sie sich in Bandwurmsätzen über den Bildschirm ringeln. Woran arbeiten Sie … ich meine du … gerade?«

»Ich habe erst gestern mit einem neuen Roman begonnen, in dem der Borkumer Feuerteufel eine große Rolle spielen wird.«

»Echt jetzt? Darüber hatte ich auch schon nachgedacht. Dann werde ich mir wohl ein anderes Thema suchen müssen.« Leonie seufzte vernehmlich und deutete auf einen auf der Auslage stehenden Buchstapel. »Soll ich die Titel in das Regal einsortieren?«

»Das wäre nett. Wenn du dich um die Taschenbücher kümmerst, kann ich die Bilderbücher wieder einsammeln.«

Bis zum Ladenschluss brachten die beiden Frauen die Buchhandlung wieder auf Vordermann. Dabei arbeiteten sie so gut zusammen, als wären sie seit Jahren ein eingespieltes Team. Während Heike Kunden beriet, Bücher als Geschenk verpackte oder kassierte, räumte Leonie die achtlos liegengelassenen Titel in die Regale.

»Das war echt nett von dir. Dank deiner Hilfe komme ich heute eine Stunde früher aus dem Laden. Ich muss nur noch schnell den Kassenabschluss machen, dann bin ich auch schon fertig.«

»Freut mich, wenn ich helfen konnte. Tschüss.« Leonie winkte Heike zu und ging zum Ausgang.

»Wo willst du denn hin?«

»In meine Ferienwohnung.«

»Hast du Lust auf ein Glas Prickelbrause? Wir könnten auf der Strandpromenade etwas Sekt trinken und über Literatur quatschen. Mit Jan kann ich kaum über Bücher reden. Der liest noch immer Comics, ist das zu fassen?«

»Jan?« Leonie zog das Wort in die Länge.

»Mein Freund. Er ist Polizist und hat momentan alle Hände voll zu tun. Der Feuerteufel hält den alten Hansen und ihn ganz schön auf Trab.«

»Hansen?«

Heike lachte. »Entschuldige bitte. Ich werfe dir Namen von Leuten an den Kopf, die du nicht kennen kannst. Hansen ist Hauptkommissar und leitet die Borkumer Polizeistation.«

»Das wusste ich nicht.«

»Woher auch? Komm, lass uns etwas trinken gehen.«

»Gerne. Ich möchte mich aber keinesfalls aufdrängen.«

»Das tust du nicht.«

Heike schloss die Buchhandlung ab. Nachdem sie die Kasse abgerechnet und die Tageseinnahme im Tresor, der sich in ihrem kleinen Büro befand, verstaut hatte, verließ sie das Gebäude zusammen mit Leonie durch den Hinterausgang. Gemeinsam schlenderten sie zur Strandpromenade, die an diesem frühen Abend voller Urlauber war, die den herrlichen Strandtag mit einem Cocktail oder einem Bier ausklingen ließen.

»Da vorne wird ein Tisch frei.«

Leonie deutete auf zwei ältere Frauen, die ihre Rechnung bezahlt hatten und nun aufstanden. Schlangengleich schlängelte sie sich durch die Menschenmenge und hatte den Tisch wenige Augenblicke später in Beschlag genommen.

»Du hast ein gutes Auge«, lobte Heike und setzte sich.

Wenige Minuten später stießen die Frauen miteinander an.

»Du musst mir alles über dich erzählen«, bat Leonie.

»Mein Leben ist keinesfalls so spannend, wie du zu glauben scheinst. Tagsüber bin ich in der Buchhandlung. Die Abende und meine freien Tage verbringe ich entweder mit Jan oder meinem Manuskript.«

»Bekommst du von ihm viele Informationen zu den laufenden Fällen? Seine Arbeit muss für dich doch eine Quelle der Inspiration sein.«

»Nee, Jan redet nicht über die Ermittlungen. Jedenfalls meistens nicht«, fügte Heike augenzwinkernd hinzu. »Inzwischen kenne ich ihn aber gut genug, um ihm einige Geheimnisse entlocken zu können.«

Leonie beugte sich vor und fragte mit leiser Stimme: »Haben die Polizisten beim Feuerteufel schon eine heiße Spur?«

»Keine Ahnung.« Heike trank einen Schluck Sekt. »Wer wäre in deinem Roman denn der Täter?«

»Puh, darüber habe ich mir noch keine Gedanken gemacht.«

»Dann sollten wir das jetzt tun. Ich bestelle uns noch eine Runde.« Die Buchhändlerin winkte einen Bediensteten herbei und bestellte zwei weitere Gläser Sekt, die kurz darauf gebracht wurden.

»In meiner Geschichte würde es eine Verbindung zwischen den einzelnen Fällen geben. Die Opfer könnten eine gemeinsame Vergangenheit haben.«

»Guter Ansatz«, lobte Heike und spann die Idee weiter. »Der Feuerteufel könnte von den Eigentümern der Fahrzeuge als Kind gemobbt worden sein und rächt sich auf diese Weise.«

»Warum steckt er dann ihre Autos an und bringt sie nicht um?« Leonie musterte ihr Gegenüber ratlos.

»Weil er kein Killer ist, sondern ihnen nur schaden will. Jetzt bist du dran. Denk dir ein Motiv aus.«

»Hm.« Leonie nippte an ihrem Sekt. »Der Brandstifter könnte zu seinen Verbrechen gezwungen werden. Vielleicht hat jemand sein Kind entführt oder hält seine Frau gefangen.«

»Weshalb bist du denn so sicher, dass der Täter ein Mann ist? Frauen wie wir können auch ganz schön feurig sein.« Heike zwinkerte Leonie grinsend zu.

»Willst du mir damit etwa sagen, dass du …«

»Natürlich nicht.« Die Buchhändlerin schüttelte entrüstet den Kopf. »Obwohl der Gedanke als Romanidee richtig gut ist: Die Autorin verübt eine Brandserie und schreibt eine Geschichte über die Ermittlungsarbeit der Polizei.«

»Wenn die Beamten uns auf die Spur kommen, müssen wir den Roman allerdings im Gefängnis beenden.«

»Was hast du gerade gesagt?«

»Dass wir den Roman im Gefängnis …«

»Das meine ich nicht.« Heike winkte ab. »Du sagtest, dass *wir* das Buch schreiben sollten. Wollen wir uns zusammen an die Arbeit machen?«

»Das wird nicht funktionieren.« Leonie senkte den Blick.

»Warum denn nicht?«

»Weil ich eine blutige Anfängerin bin und du …«

»Blödsinn. Lass es uns doch einfach versuchen. Eine Zusammenarbeit mit anderen Autoren hat mich schon immer fasziniert.«

»Echt jetzt?« Leonie blickte Heike überrascht an.

»Warum nicht? Darauf sollten wir anstoßen.«

Die Frauen ließen die Gläser klirren.

»Wann wollen wir anfangen?« Leonie beugte sich vor.

»Wie wäre es mit sofort?«

»Das würde mich freuen.«

Heike leerte ihr Glas. »Was hältst du davon, wenn wir den Feuerteufel selbst aufspüren? Sollte uns das gelingen, wird das Buch sicherlich ein Bestseller werden.«

»Ist das nicht gefährlich?« Leonie zog die Augenbrauen hoch.

»Gefährlich ist mein zweiter Vorname.« Heike griente. »In meinem Haus ist genug Platz für uns. Wo wohnst du eigentlich?«

»In einem Appartement an der Richthofenstraße. Ich habe mir ein Urlaubssemester genommen und mein Sparbuch aufgelöst, um die Miete für ein halbes Jahr zahlen zu können.«

»Was studierst du denn?«

»Literatur. Von dir werde ich sicherlich mehr lernen als in meinen langweiligen Seminaren.«

»Ich bin aber keine Dozentin.« Heike stand auf.

»Dafür bist du meine Lieblingsautorin. Ich kann mein Glück immer noch nicht fassen.« Leonie erhob sich so abrupt, dass sie mit dem Knie unter die Tischkante knallte und die auf dem Tisch stehenden Gläser umwarf. Eines davon zerbrach.

»Das ist hoffentlich kein böses Omen«, wisperte sie und bekreuzigte sich.

Konkurrenzdruck

Borkum, Juli

Michael Holtkamp blätterte in den Gebäudeunterlagen der Penthousewohnung, die beim Verkauf weitere achtzigtausend Euro an Provisionseinnahmen in seine Kasse spülen würde.

Die Immobilie hatte der Eigentümer Michael Freese zunächst einem seiner Konkurrenten zur Vermarktung angeboten. Glücklicherweise hatte er den Millionär – nach einem üppigen Abendessen in einem Luxusrestaurant und einigen sündhaft teuren Drinks an der Hotelbar – vor der Vertragsunterzeichnung davon überzeugen können, dass er bei seinem Objekt einen höheren Kaufpreis erzielen würde als der unfähige Wilken. Mit einem Düsseldorfer Investor, der auf Borkum bereits sieben Immobilien besaß, hatte der Makler auch schon einen potenziellen Erwerber an der Hand, der das Geld problemlos aufbringen konnte.

Holtkamp drückte seine randlose Brille auf die Nase, setzte den Stempel unter das Angebot und legte es zur Seite. Er zweifelte keinesfalls daran, dass er das Objekt innerhalb weniger Tage veräußern würde. In den letzten Monaten hatte er auf Borkum mehr Immobilien verkauft als alle Konkurrenten zusammen.

Der Insulaner Siebert Wilken, der das Maklerbüro vor sieben Jahren von seinem Vater übernommen hatte, hatte seit Monaten nur kleinere Einheiten und renovierungsbedürftige Bruchbuden im Bestand, die schwer zu vermitteln waren. Der Borkumer war stocksauer, weil er ihm die Penthousewohnung abspenstig gemacht hatte.

Holtkamp grinste. Der dämliche Ostfriese würde ihm niemals das Wasser reichen können. Inzwischen hatte er sich ein so gutes Netzwerk aufgebaut, dass die anderen Makler bei den Angeboten meist leer ausgingen. Zudem zahlte sich die Zusammenarbeit mit Melanie Olschewski immer mehr aus.

Obwohl er ihr für jeden Kunden, den sie ihm zuführte, ein Prozent seiner Provision abtreten musste, verdiente er so viel Geld wie nie zuvor.

Das Glück hatte es in den letzten Jahren gut mit ihm gemeint. Er wohnte in einem restaurierten Haus auf Borkum, hatte mit Jennifer endlich die Frau seines Lebens gefunden und wurde mit jedem Tag etwas reicher.

Besser konnte es nicht werden.

Holtkamp blickte auf die Digitalanzeige am unteren Bildrand seines Monitors, auf der die Zeit angezeigt wurde. Demnach war es 21:53 Uhr.

Da Jennifer an diesem Abend mit einer Freundin im Oldenburgischen Staatstheater war und in der Huntestadt übernachten würde, konnte er sich noch ein oder zwei Gläser von seinem Lieblingsbourbon genehmigen und dann ins Bett gehen. Morgen würde wieder ein anstrengender Tag werden.

Er fuhr den Computer herunter, stand auf und griff nach seiner Aktentasche. Nachdem er die Bürotür hinter sich verschlossen hatte, verließ er das Gebäude und schloss auch die Haustür ab – wer wusste schon, ob sich der Feuerteufel eines Tages nicht mehr mit Autos zufriedengeben würde und stattdessen Häuser niederbrennen wollte?

Holtkamp marschierte zu seinem Aston Martin, den er in einer Seitenstraße geparkt hatte. Auch wenn in der blauen Zone ein Nachtfahrverbot bestand, würden der alte Hansen und sein Hilfssheriff sicherlich Besseres zu tun haben, als die Einhaltung des Fahrverbots zu überprüfen.

»Du wirst mir keinen Kunden mehr abspenstig machen!«

Holtkamp wirbelte herum. Hinter ihm stand ein sichtlich betrunkener Wilken, der eine Schnapsflasche in der rechten

Hand hielt. Obwohl Holtkamp selbst kein Hüne war, überragte er seinen Konkurrenten um einen Kopf.

»Willst du mir etwa drohen?« Holtkamp grinste wölfisch und zeigte dabei zwei strahlend weiße Zahnreihen.

»Ich werde tun, was immer nötig ist.«

»Bist du für diese dämlichen Machosprüche nicht langsam zu alt? Sieh dich doch an. Du bist nur noch Haut und Knochen. Jedes Kind würde dich in einem Kampf besiegen.«

»Das wollen wir doch mal sehen.«

Wilken packte die Flasche wie einen Baseballschläger und hob den rechten Arm. Klare Flüssigkeit lief heraus, durchnässte sein Hemd und platschte zu Boden. Er schien es nicht einmal zu bemerken.

»Lass den Blödsinn.«

Holtkamp wich einen Schritt zurück, ohne den Blick von seinem Widersacher zu lassen. Im Licht der Straßenlaterne wirkten dessen Pupillen, die in blutunterlaufenen Augen schwammen, furchteinflößend. Anscheinend hatte er Wilkens Entschlossenheit unterschätzt. In seinem jetzigen Zustand schien der Mann zu allem fähig zu sein.

»Borkum ist zu klein für uns beide. Verschwinde, oder ich schlage dir den Schädel ein.«

Holtkamp wich zurück, bis er den Türgriff seines Aston Martins im Rücken spürte. Wilken setzte nach und stellte sich, die Hand mit der Flasche noch immer zum Schlag erhoben, auf Armlänge vor ihn.

»Lass mich in Ruhe.« Holtkamp stieß seinen Konkurrenten fest vor die Brust.

Dieser taumelte nach hinten. Die Schnapsflasche rutschte aus seinen Händen, fiel zu Boden und zerbrach. Einen Augenblick lang sah es so aus, als würde Wilken stürzen. Dann fand er sein Gleichgewicht wieder, schüttelte sich wie ein nasser Hund und fletschte die Zähne.

»Ich mach dich fertig.« Wilken ballte die Hände zu Fäusten und wollte gerade auf Holtkamp losgehen, als ein Pärchen um die Hausecke bog. Die Spaziergänger blickten von einem zum anderen und danach auf die zerbrochene Flasche. Dann beschleunigten sie ihre Schritte und verschwanden in der nächsten Seitenstraße.

Wilken sah Holtmann noch einmal mit einem vor Verachtung triefenden Blick an und lief dann in entgegengesetzter Richtung davon.

»Elender Feigling«, rief Holtkamp ihm nach, entriegelte hastig seinen Luxusschlitten mit dem elektronischen Wagenschlüssel und öffnete die Fahrertür. Er wollte gerade einsteigen, als er aus den Augenwinkeln einen Schatten wahrnahm. Instinktiv riss er den Arm nach oben, war aber zu langsam. Der Schlag traf ihn an der linken Schläfe und er sackte in sich zusammen wie eine Marionette mit zerschnittenen Fäden. Mit aller Macht kämpfte er gegen die drohende Ohnmacht an – aber die Finsternis wickelte ihn ein wie ein dunkles Tuch. Dann wurde es ganz still.

Leichenfund

Borkum, Juli

»Das darf doch nicht wahr sein!« Hansen legte den Telefonhörer vor sich auf den Schreibtisch in der Polizeistation.

»Was ist denn los?« Jan, der an diesem späten Abend noch im Internet nach Hinweisen auf den Feuerteufel suchte, blickte auf.

»Ein Wagen ist explodiert. Wir müssen sofort los.« Der Hauptkommissar schlurrte in seinen Clogs zur Garderobe und zog seinen Friesennerz über.

»Wurde die Feuerwehr bereits benachrichtigt?« Sein Kollege erhob sich ebenfalls und eilte zum Ausgang.

»Jo. Die Jungs sind schon vor Ort.«

Die Polizisten schritten zu ihren Fahrrädern und radelten zum Wiesenweg. Das blinkende Blaulicht des Feuerwehrwagens, das die Dunkelheit zerschnitt, war schon von Weitem sichtbar. Die Rettungskräfte hatten das brennende Fahrzeug, das in einem Carport stand, bereits gelöscht.

Durch die Explosion war die Dachkonstruktion eingestürzt und ein Teil der Abdeckung hatte die Motorhaube unter sich begraben. Die Tür in der Hauswand, an die der Carport grenzte, war durch die Wucht der Detonation zerstört worden. Die Mauer war rußig, schien ansonsten aber unversehrt zu sein.

Vor dem Grundstück hatten sich neugierige Feriengäste und Nachbarn eingefunden, die durch die Explosion wach geworden waren.

Hansen stieg von seinem E-Bike und lehnte das moderne Gefährt an den Gartenzaun. Jan, der auf seinem Rostesel deutlich mehr strampeln musste, stellte sein Fahrrad wenige Augenblicke später neben das seines Vorgesetzten und schnaufte tief durch.

Gemeinsam schritten die Polizisten zu den Rettungskräften. »Moin Hauke. Habt ihr hier alles unter Kontrolle?«, begrüßte Hansen einen Feuerwehrmann, der gerade einen Schlauch entrollte.

»Jo. Glücklicherweise war im Tank nicht mehr viel Benzin, sonst wäre die Wucht der Explosion verheerender gewesen. Der Knall hat einige Leute aufgeschreckt, die uns sofort benachrichtigt haben, sodass wir das Haus vor den Flammen retten konnten.«

»Hat der Täter wieder einen benzingetränkten Lappen in den Tank gesteckt?«

»Davon gehe ich aus. Aber die genauen Umstände des Brandes herauszufinden ist dein Job. Ich bin nur für die Bekämpfung der Flammen verantwortlich. Da ist etwas, was ihr euch ansehen solltet.« Hauke legte den Schlauch zur Seite und ging zu dem ausgebrannten Wagen, der von Löschschaum bedeckt war. Die Polizisten folgten dem Feuerwehrmann, der am Heck des Fahrzeugs stehen blieb.

»Der Deckel des Kofferraums muss durch die Explosion aufgesprungen sein.«

Hansen trat neben den Brandmeister und beugte sich vor. Sein Kollege tat es ihm gleich.

»Schiet ok.« Der Hauptkommissar schob seinen Zigarrenstumpen in den linken Mundwinkel.

»Ist das etwa eine Leiche?« Jan trat etwas näher heran.

»Nee, das ist Ostfriesenschaschlik.«

»Sorry, war eine dämliche Frage.«

»Jo.« Hansen betrachtete den zur Unkenntlichkeit verkohlten Körper, der in Embryonalhaltung im Kofferraum lag.

»Das ist seltsam, denn der Feuerteufel hat noch keinen Wagen auf einem Privatgrundstück angezündet. Alle Fahrzeuge standen bisher auf öffentlichen Parkplätzen.«

»Demnach könnten wir es mit einem Trittbrettfahrer zu tun haben«, mutmaßte Jan.

»Das wäre denkbar«, stimmte der Hauptkommissar zu. »Die entscheidende Frage ist nur: Wusste der Feuerteufel nichts von dem Menschen im Kofferraum, oder hat er mit dem Brand bewusst die Spuren eines Mordes beseitigt?«

»Wenn das Holtkamp ist, möchte ich nicht in eurer Haut stecken.« Der Feuerwehrmann deutete auf den Toten und fuhr sich über seinen mächtigen Bart.

»Warum das denn?«, hakte Jan nach.

»Weil der Makler in der norddeutschen Politik und den Wirtschaftsverbänden bestens vernetzt ist. Es würde mich nicht wundern, wenn euch der Polizeipräsident höchstpersönlich Feuer unterm Hintern macht. Das war jetzt natürlich rein metaphorisch gemeint.«

»Schon klar«, grummelte Hansen. »Zudem müssen wir …«

Ein Blitz ließ ihn zusammenzucken. Er drehte sich um und erblickte einen jungen Mann, der ein Smartphone in der Hand hielt, mit dem er offensichtlich ein Bild gemacht hatte.

»Gib mir das Gerät«, forderte der Hauptkommissar und streckte die Hand danach aus. Statt der Aufforderung Folge zu leisten, machte der Fotograf eine weitere Aufnahme, drehte sich dann um und rannte los.

Jan wollte ihm hinterherlaufen, aber sein Vorgesetzter hielt ihn am Arm fest. »Lass ihn. Bis du den Kerl erwischt hast, ist das Bild ohnehin online. Wir müssen uns auf die Fahndung nach dem Täter konzentrieren. Während du den Tatort sicherst, werde ich im Haus nach der Ehefrau suchen und danach die Anwohner und Feriengäste befragen. Vielleicht hat jemand von ihnen etwas gesehen, das uns bei den Ermittlungen hilft.«

Hansen drückte die zerstörte Tür auf, wobei er darauf achtete, sich nicht an den im Rahmen steckenden Holzsplittern zu verletzen. »Moin, ist hier jemand?«, rief er in die Stille des Gebäudes hinein, obwohl er mit keiner Antwort rechnete. Wer auch immer im Haus gewesen war, wäre durch den

Lärm längst geweckt worden. Zumindest dann, wenn er noch lebte … Der Gedanke, in den Räumlichkeiten eine weitere Leiche zu entdecken, ließ ihn erschaudern.

Zwanzig Minuten später hatte der Hauptkommissar alle Räume inspiziert, in Schränken und unter Betten nachgesehen und sogar die schmutzige Wäsche durchwühlt. Zu seiner Erleichterung hatte er niemanden gefunden.

Nach der Durchsuchung des Hauses stampfte er zu den Schaulustigen, die sich auf der Straße eingefunden hatten und aufgeregt miteinander redeten.

»Moin. Hat jemand vor der Explosion eine Person gesehen, die mit dem Brand etwas zu tun haben könnte?«

»Nee, aber ich habe einen Streit gehört.« Eine füllige Frau, die ein dunkelblaues T-Shirt zu einer rosafarbenen Leggings trug, drängte sich in den Vordergrund. »Der Volker kann bei geschlossenem Fenster nicht gut schlafen, daher haben wir einen Fensterflügel immer gekippt.«

»Das stimmt. Mein Arzt hat gesagt, in der Nordseeluft wird das besser, aber bisher …«

»Ihre Krankengeschichte interessiert mich nicht«, unterbrach Hansen den schmächtigen Mann genervt, bei dem es sich um besagten Volker handeln musste – der neben seiner Frau wie ein Strichmännchen wirkte.

»Konnten Sie hören, was gesagt wurde?« Der Hauptkommissar richtete seine Aufmerksamkeit wieder auf die Urlauberin in der rosafarbenen Leggins.

»Nicht richtig. Die Männer haben in dieser komischen Küstensprache gesprochen, die kein Mensch versteht.«

»Plattdeutsch?«

»Möglich. Es klang für mich wie eine Mischung aus Chinesisch, Spanisch und Kroatisch.«

»Sind Sie eine Linguistikexpertin?«

»Linguwat?« Die Angesprochene zog die fingerdick nachgezogenen Augenbrauen hoch.

»Nicht so wichtig«, winkte Hansen ab und fragte dann: »Sind Sie sicher, dass es sich dabei um männliche Stimmen gehandelt hat?«

»Das habe ich doch gesagt.«

»Mathilda, du hörst so schlecht, dass du eine Möwe nicht von einem Seehund unterscheiden kannst«, mischte sich Volker ein.

»Das stimmt nicht. Meine Ohren sind vollkommen in Ordnung.« Sie stemmte die Hände in die gut gepolsterten Seiten und drehte sich zu ihrem Mann um.

»Blödsinn. Wenn ich nach dir rufe, reagierst du nicht.«

»Hast du mal darüber nachgedacht, dass es nicht an meinen Ohren, sondern an dir liegt?«

»Wie meinst du das denn?« Er fuhr sich über die nach allen Seiten abstehenden Haare.

Hansen notierte sich die Personalien des Ehepaares, bevor der Streit eskalierte. Nach einer gefühlten Ewigkeit hatte er verschiedene Aussagen, die ihm in ihrer Widersprüchlichkeit kaum weiterhalfen.

Einige Urlauber wollten eine schwarz vermummte Gestalt gesehen haben, andere Feriengäste eine Frau auf Pumps, und ein älterer Mann beharrte darauf, dass zwei Jugendliche eine Feuerwerksrakete in den Tank gesteckt und diese angezündet hatten.

Jan, der den Tatort inzwischen gesichert und die Rettungskräfte verabschiedet hatte, unterstützte seinen Vorgesetzten nach Kräften, allerdings ebenfalls erfolglos.

Nachdem die beiden Polizisten die Schaulustigen zerstreut und zwei besonders Neugierige am Betreten der abgesperrten Zone gehindert hatten, kehrten sie zu dem Autowrack zurück.

»Die Kollegen der Spurensicherung werden morgen früh nach Borkum fahren und ihre Arbeit aufnehmen. Bis dahin …«

»… bleibst du hier.« Der Hauptkommissar schlug seinem Kollegen auf die Schulter. »Jemand muss bei der Leiche sein.«

»Wieso das denn? Die läuft uns schon nicht weg.«

»Das sicherlich nicht. Ich möchte aber keinesfalls weitere Fotos davon im Internet finden. Inzwischen gibt es genug Vollpfosten, die für ein paar Likes auch mit dem Toten posieren würden. Zudem müssen wir das Haus vor Plünderern schützen und uns auf die Suche nach der Ehefrau machen. Da in dieser Nacht kein Handwerker die Tür repariert, musst du darauf achten, dass keine Unbefugten das Haus betreten. Halt die Augen offen.«

»Was machst du in der Zeit?«

»Nachdenken, das solltest du doch langsam wissen.«

Hansen verabschiedete sich von einem sichtlich angefressenen Kollegen und radelte zur Polizeistation.

Dort füllte er Wasser in den Tank der Kaffeemaschine und gab löffelweise gemahlenes Pulver in den Filter. Während die Maschine gluckernd ihre Arbeit verrichtete, hängte der Hauptkommissar den Friesennerz an die Garderobe und setzte sich an den Schreibtisch.

Er brauchte so schnell wie möglich Klarheit über die Identität der Leiche. Auch wenn es sich dabei aller Wahrscheinlichkeit nach um Holtkamp handelte, konnte er eine fremde Person noch nicht ausschließen – schließlich hätte der Makler einen Widersacher in den Kofferraum stecken und sein Auto anzünden können. Obwohl die Wahrscheinlichkeit, dass er seinen Luxusschlitten vor der eigenen Haustür abfackeln würde, äußerst gering war, musste die Polizei auch dieser Spur folgen. Hansen goss sich einen Becher des inzwischen durchgelaufenen Kaffees ein und machte sich an die Arbeit. Es würde wieder eine lange Nacht werden.

Manuskript

Borkum, Juli

Die Melodie des Liedes *Strandtag* der Band *Olde Düne,* die sich Heike als Klingelton hinterlegt hatte, weckte sie aus einem unruhigen Schlaf. Sie tastete nach dem auf dem Nachttisch liegenden Smartphone und griff nach dem Gerät. Auf dem Display war ein Schnappschuss von Leonie Kornbrenner zu sehen, den sie gestern Abend in ihrer Sektlaune gemacht hatte.

»Moin«, begrüßte sie ihre neue Freundin.

»Hast du schon von dem Brand gehört? Voll krass.«

»Hat der Feuerteufel wieder zugeschlagen?«

»Richtig und jetzt hat er jemanden umgebracht.«

»Woher weißt du das denn?« Heike schwang die Beine aus dem Bett.

»Im Internet kursieren zwei Bilder, auf denen eine verkohlte Leiche in einem Kofferraum zu sehen ist.«

»Echt jetzt?« Die Buchhändlerin stand auf. Dabei war ihr etwas schwindelig und sie stützte sich am Bettrahmen ab. Vielleicht hätte sie die zweite Flasche Wein gestern doch nicht mehr öffnen sollen. Aber Leonie und sie hatten sich in einen Rausch geschrieben und bis Mitternacht das erste Kapitel fertiggestellt, in dem sie die Psyche des Feuerteufels ausgelotet hatten. Die Literaturstudentin hatte sich beim Schreiben als kreative Autorin entpuppt, der es zwar noch an Metaphorik und Sprachgefühl, dafür aber keinesfalls an Ideen mangelte.

In ihrer Fantasie war der Brandstifter allerdings kein Mörder gewesen. Wenn er nun jemanden umgebracht hatte, würden sie den Text entsprechend überarbeiten müssen. Auch wenn ihr Roman fiktiv sein würde, sollte er die Realität so gut wie möglich abbilden.

»Auf welcher Website hast du die Bilder denn gesehen?« Mit dem Smartphone am Ohr schlurfte Heike in die Küche. Auf dem Tisch stand der Laptop – neben einer Weinflasche, zwei benutzten Gläsern und einer Schale, in der sich Krümel der salzigen Knabbereien befanden, die sich Leonie und sie gestern Abend einverleibt hatten.

»Die Bilder werden in den sozialen Netzwerken wie verrückt geteilt. Sieh einfach in einer der Borkumgruppen nach.«

»Bleib kurz dran.« Heike legte das Smartphone auf den Tisch, klappte den Laptop auf und ging ins Internet. Wenige Augenblicke später hatte sie die Fotos gefunden und nahm das Handy wieder zur Hand. »Ist das etwa Holtkamps Haus im Hintergrund?«

»Woher soll ich das wissen?«, antwortete Leonie. »Du lebst doch auf Borkum, ich kenne die Insulaner nicht.«

»Damit hast du natürlich recht. Meinen grauen Zellen fehlt noch der Koffeinkick. Ich mache mir jetzt erst einmal einen Kaffee und melde mich später noch einmal.«

»Kannst du mit deinem Freund sprechen? Der weiß bestimmt mehr.«

»Mal sehen, ob ich Jan zum Reden bringen kann.«

»Das wäre super, denn seine Informationen können für unseren Roman wichtig sein. Schreiben wir heute weiter?«

»Das kommt drauf an, wann ich das *Borkumer Bookje* schließen kann. In der Hauptsaison ist immer viel zu tun.«

»Wenn wir uns gemeinsam an die Arbeit machen, werden wir schneller fertig.«

»Du hast mir gestern schon geholfen, und eine Aushilfe kann ich mir momentan keinesfalls leisten.«

»Ich würde niemals Geld von dir annehmen.« Leonie klang entrüstet.

»Unterstützung könnte ich schon brauchen. Ich möchte dich aber keinesfalls ausnutzen.«

»Für die Möglichkeit, mit dir ein Buch zu schreiben, würde ich deine Buchhandlung monatelang auf Vordermann bringen.«

»Ich nehme dich beim Wort.« Heike lachte, wurde dann aber wieder ernst. »Wir sehen uns später. Bis dann.«

Sie beendete das Gespräch und rief Jan an. Dieser nahm das Telefonat nach dem zweiten Klingeln entgegen.

»Moin Heike. Tut mir leid, dass ich gestern Abend nicht mehr angerufen habe, aber hier ist der Teufel los.«

»Habt ihr die Leiche schon identifiziert?«

»Woher weißt du davon?«

»Aus dem Internet.«

»Das hätte ich mir denken können. In den regionalen Chatgruppen gibt es kaum ein anderes Thema. Bisher kennen wir die Identität des Toten noch nicht. Die Obduktion wird diese Frage hoffentlich klären können.«

»Was kannst du mir denn zu dem Brand sagen?«

»Nichts. Ich darf über laufende Ermittlungen nicht reden, das solltest du langsam wissen.«

»Das ist noch lange kein Grund, mich anzuschreien.«

»Sorry, ich bin mit den Nerven ziemlich runter, weil ich in der letzten Nacht nicht geschlafen habe. Um wach zu bleiben, habe ich sogar schon einen Becher von Ragnars Teufelsgebräu getrunken. Das Zeug wirkt wie eine Wagenladung Amphetamine.«

»Sein Kaffee kann Tote aufwecken.«

»Oder Menschen mit einem Herzinfarkt ins Grab bringen. Meine Pumpe rast, als wäre ich einen Marathon gelaufen. Ich muss jetzt Schluss machen.«

»Wann sehen wir uns denn wieder? Die letzten beiden Dates hast du abgesagt, weil ihr wegen des Feuerteufels alle Hände voll zu tun habt.«

»Das kann ich dir nicht sagen. Wie du dir sicher denken kannst, haben wir momentan mehr Arbeit als jemals zuvor.«

»Melde dich einfach, wenn du etwas Zeit hast.«
»Yep.«
»Pass auf dich auf, okay?«

Heike beendete das Telefonat, ohne eine Antwort abzuwarten, und legte das Smartphone auf den Küchentisch. Sie sorgte sich um Jan, denn wenn der Feuerteufel kein Pyromane, sondern ein brandgefährlicher Killer war, würde er möglicherweise auch vor einem Polizistenmord nicht zurückschrecken.

Sie strich sich eine Haarsträhne aus dem Gesicht und machte sich einen Kaffee. Während Heike damit wenig später ihre Lebensgeister aufweckte, sah sie sich in den Internetforen um, die sich mit Borkum, der Nordseeküste und Ostfriesland beschäftigten. Die beiden Bilder der verkohlten Leiche waren allgegenwärtig. Ständig tauchten neue Kommentare auf, bei denen es oft um die Frage der Identität des Opfers ging.

Da Michael Holtkamp spurlos verschwunden war, gingen die meisten User davon aus, dass es sich bei dem Toten um den Borkumer Makler handelte. Zwischen den vielen Bemerkungen, mit denen die Schreiber ihr Entsetzen über die grauenvolle Tat ausdrückten, gab es auch hämische Kommentare, nach denen er seinen Tod mehr als verdient hätte. Heike, die wusste, dass sich Holtkamp auf Borkum nur wenige Freunde gemacht hatte, dachte nach. In ihrem Roman würde sie eine eifersüchtige Ehefrau, eine verlassene Geliebte oder einen abservierten Konkurrenten als Täter aufbauen.

Hatte Holtkamp eine Affäre gehabt? Konnte ihn ein Mitbewerber getötet haben oder war sein Tod nur ein grauenvoller Zufall? Wenn der Feuerteufel nichts von dem grauenvollen Inhalt des Kofferraums gewusst hatte, musste sie der Frage nachgehen, wer Holtkamp dorthin verfrachtet hatte. Wenn es sich bei dem Toten überhaupt um Holtkamp handelte.

Unzählige Fragen wirbelten in ihrem Kopf herum wie Sandkörner in einem Sturm.

Heike trank einen weiteren Schluck Kaffee und öffnete dann die Romandatei mit dem Arbeitstitel *Borkumer Feuerteufel*, um den Mord in das geschriebene Kapitel einzufügen. Bei der Arbeit flogen ihre Finger wie von selbst über die Tastatur. Als der Strom aus Worten nach und nach versiegte, blickte Heike auf, als wäre sie aus einer Trance erwacht. Sie warf einen Blick auf die über dem Tisch hängende Wanduhr, deren Zeiger 9:40 Uhr anzeigten.

»So ein Mist.« Sie sprang auf und eilte ins Bad.

Wenige Minuten später hatte sie sich nach einer Katzenwäsche angezogen und etwas Make-up aufgelegt. Da das Kämmen der neuen Kurzhaarfrisur wesentlich schneller vonstattenging als das Bändigen ihrer früheren Löwenmähne, schloss sie um kurz vor zehn die Haustür ab und radelte über die alte Strandmauer zur Buchhandlung, vor der sich bereits die ersten Kunden versammelt hatten.

»Sie sind zwölf Minuten zu spät.« Eine ältere Dame, die trotz des sommerlichen Wetters eine Jacke trug, blickte demonstrativ auf ihre Armbanduhr.

»Tut mir leid.« Heike stellte ihr Fahrrad an der Hauswand ab und öffnete die Buchhandlung. Kurz darauf hatte sie die Kasse mit Wechselgeld aus dem Tresor gefüllt und nahm die beiden Bücher entgegen, die sich die ältere Dame als Strandlektüre ausgesucht hatte.

Obwohl die Buchhändlerin in den nächsten Stunden alle Hände voll zu tun hatte und sie trotz Leonies Hilfe mit dem Aufräumen kaum hinterherkam, war sie in Gedanken bei dem Borkumer Feuerteufel.

Heike spürte wieder das vertraute Kribbeln in ihrem Bauch, das sich anfühlte, als ob sie zu viele Brausestäbchen gegessen hatte. Das prickelnde Gefühl, das jeden ihrer Schreibprozesse begleitete, war aber noch nie so aufregend gewesen wie jetzt. Sie zweifelte keine Sekunde daran, dass Leonie und sie ein Buch schreiben würden, für das die Leser Feuer und Flamme sein würden. In ihrer Vorfreude verschwendete Heike allerdings keinen Gedanken daran, dass auch sie ins Visier des Feuerteufels geraten konnte.

Obduktionsbericht

Borkum, Juli

»Hast du den Bericht des Pathologen schon gelesen?« Ragnar Hansen sah seinen Kollegen, der ihm zwei Tage nach dem Mord im Büro der Polizeistation gegenübersaß, fragend an. Dabei ließ er seinen Zigarrenstumpen in den linken Mundwinkel wandern.

»Bisher noch nicht. Was steht denn drin?« Jan, der in einer Akte geblättert hatte, sah fragend auf.

»Den Informationen nach handelt es sich bei der verbrannten Leiche eindeutig um Michael Holtkamp. Der Gerichtsmediziner hat den Toten mit zahnärztlichen Unterlagen identifizieren können. Anhand einer Schädelfraktur geht er davon aus, dass der Makler mit einem dumpfen Gegenstand erschlagen wurde und bereits tot war, als das Feuer ausbrach. Dem Winkel nach wurde der Schlag von unten nach oben ausgeführt.

Demnach war der Mörder kleiner als Holtkamp und die Flammen dienten aller Wahrscheinlichkeit nach nur der Vernichtung von Spuren und möglichen Beweismitteln. Wir müssen uns auch nicht weiter auf die Suche nach seinem Smartphone machen, denn das steckte in seiner Hosentasche und ist derart verbrannt, dass auch unsere Experten keine Informationen mehr aus dem Gerät generieren konnten.«

»Dann müssen wir seiner Frau jetzt die traurige Nachricht überbringen. Bisher hat sie sich wie eine Ertrinkende an die Hoffnung geklammert, dass es sich bei dem Toten nicht um ihren Mann handelt.«

»Jo.« Der Hauptkommissar stand auf, ging zur Garderobe und zog sich seinen Friesennerz an. Da er kein Mann großer Worte war und – wie Jan immer wieder behauptete – das Einfühlungsvermögen eines Vorschlaghammers hatte, mochte er diesen Aspekt seines Berufes nicht. Glücklicherweise hatte er in seiner langjährigen Laufbahn bisher nur wenige Todesnachrichten überbringen müssen.

Schweigend radelten die Polizisten zum Wiesenweg.

Die Sonne schien an diesem späten Vormittag von einem blassblauen Himmel. Schleierwolken schwebten wie von einer unsichtbaren Schnur gezogen über sie hinweg. Obwohl die verbrannte Leiche auf Borkum das beherrschende Thema war, über das die Inselzeitung ausführlich berichtet hatte, schienen die meisten Urlauber das Verbrechen bereits vergessen zu haben, denn sie schlenderten lachend durch das Inselzentrum.

Hansen hingegen konnte die hochsommerlichen Temperaturen nicht genießen. Mit dem grauenvollen Tod schien sich ein dunkles Tuch über Borkum gelegt zu haben, das alle Farben in ein verwaschenes Grau verwandelte.

Vor dem Haus des Maklers stiegen die Ordnungshüter von ihren Fahrrädern und schritten über den gewundenen Gehweg zur Eingangstür. Der beschädigte Carport war, wie auch das Autowrack, inzwischen abtransportiert und die zerstörte Hintertür mit Brettern gesichert worden.

Hansen zögerte einen Moment, dann klingelte er.

Wenige Augenblicke später wurde die Tür geöffnet und Jennifer Holtkamp stand vor ihnen. Die langen blonden Haare hatte sie zu einem Pferdeschwanz gebunden. Ihre Augen waren gerötet, das Gesicht verquollen. Auf den Wangen waren dunkle Schlieren von verlaufenem Make-up zu erkennen. Sie blickte die Polizisten mit leeren Augen an.

»Er ist tot, richtig?« Ihre Stimme war kaum mehr als ein Flüstern.

Der Hauptkommissar nickte bedächtig. »Es tut mir leid. Wir werden alles in unserer Macht Stehende tun, um seinen Mörder zu finden.«

»Ich habe gewusst, dass Michael nicht zu mir zurückkehren wird. Hier drin klafft seit dem Brand eine riesige Wunde.« Sie deutete auf ihr Herz und schluchzte auf. Tränen rannen über ihr Gesicht.

Hansen wollte etwas Tröstliches sagen, aber wie so oft fielen ihm auch jetzt keine passenden Worte ein.

»Kommen Sie.«

Jan, der neben dem Hauptkommissar gestanden hatte, trat vor und ergriff den Arm der trauernden Witwe. Diese blickte ihn überrascht an, drehte sich dann um und stakste auf Beinen, die jederzeit unter ihr nachzugeben drohten, ins Wohnzimmer. Dort setzte sie sich in einen weißen Ledersessel.

»Kann ich Ihnen etwas bringen? Ein Wasser vielleicht?«

Jan beugte sich über die Frau, die mit ihrer zierlichen Figur in dem Möbelstück so verloren wirkte wie eine Puppe, die jemand achtlos in eine Ecke geworfen hatte.

»Das müsste ich eigentlich Sie fragen. Ich bin eine schlechte Gastgeberin.« Sie legte die Hände auf die Armlehnen und drückte sich hoch.

»Bleiben Sie sitzen. Wo finde ich ein Glas?«

»In der Küche. Zweite Tür links.«

Jan nickte der Witwe aufmunternd zu und verließ den Raum.

Der Hauptkommissar, der noch immer im Raum stand, blickte zu Boden. In Momenten wie diesen verfluchte er seine Einsilbigkeit. Obwohl er bezweifelte, dass Worte den Schmerz einer trauernden Person lindern konnten, hätte er gerne irgendetwas gesagt, um zumindest das Schweigen zu brechen.

Die Stille stülpte sich wie eine Glocke über den Raum, in dem nur das Ticken der alten Standuhr zu hören war, die die Zeit in winzige Einheiten zerhackte.

»Setzen Sie sich doch.« Jennifer Holtkamp deutete mit einem Kopfnicken zu dem Ledersofa, das ihrem Sessel gegenüberstand. Dazwischen befand sich ein gläserner Couchtisch, auf dem eine Fernsehzeitung lag. Hansen murmelte ein *Danke* und ließ sich darauf nieder.

Da er mit seinen Händen nichts anzufangen wusste, verschränkte er die Finger ineinander.

»Hatte Ihr Mann Feinde? Wurde er von jemandem bedroht?«

Bei der Befragung fühlte sich der Hauptkommissar wieder auf sicherem Terrain.

»Keine Ahnung. Michael hat mit mir kaum über die Arbeit gesprochen. Wenn wir zusammen waren, existierte die Welt außerhalb dieses Hauses nicht mehr. Er war der beste Ehemann, den sich eine Frau nur wünschen kann.« Die Witwe nickte, als wollte sie ihre Aussage damit bestätigen.

»Ich bitte Sie, diese Erkundigung nicht falsch zu verstehen, aber ich muss Sie das fragen: Wo waren Sie in der Tatnacht?«

Jennifer Holtkamp blickte ihn mit einem derart gequälten Gesichtsausdruck an, als hätte Hansen sie geohrfeigt.

»Ich war mit einer Freundin in Oldenburg. Elvira kann das bezeugen.«

»Haben Sie einen vollständigen Namen und Kontaktdaten für mich?«

Der Hauptkommissar zog ein an den Ecken abgestoßenes Notizbuch aus seiner Jackentasche, nahm den daran geklippten Kugelschreiber zur Hand und öffnete das Büchlein.

»Elvira Scheurer. Sie besitzt eine Modeboutique in Emden.«

Hansen notierte sich den vollständigen Namen, Adresse und Telefonnummer und erkundigte sich dann: »Gab es im Privatbereich Ihres Mannes Streit mit einem Bekannten?«

»Nicht, dass ich wüsste. Seine Freunde haben ihn bewundert. Da wir keine Kinder haben und unsere Eltern schon vor langer Zeit gestorben sind, haben wir außer uns keine Familie. Von daher kann ich Ihnen niemand nennen, der …« Sie verstummte und blickte zu Boden. Plötzlich ruckte ihr Kopf nach oben wie der eines pickenden Vogels. »Wilken. Der Name ist in der letzten Woche bei einem Abendessen gefallen. Ich habe keine Ahnung, was vorgefallen ist, aber Michael war stocksauer.«

»Siebert Wilken, der Makler?«, hakte der Hauptkommissar sofort nach.

»Ich weiß seinen Vornamen nicht. Kennen Sie den Mann?«

»Jo. Ich werde mit ihm reden. Fällt Ihnen sonst noch etwas ein? Jede Kleinigkeit kann wichtig sein.«

»Das sagen die Kommissare in den Fernsehkrimis auch immer. In meinem Kopf herrscht momentan allerdings ein riesiges Chaos und … Danke.« Das letzte Wort richtete sie an Jan, der ein mit Wasser gefülltes Glas in der Hand hielt und es ihr anreichte. Jennifer Holtkamp nahm es entgegen und trank in kleinen Schlucken. »Tut mir leid, dass ich Ihnen keine große Hilfe bin. Sie müssen das Schwein erwischen, das Michael auf dem Gewissen hat, versprechen Sie mir das?«

Die Witwe spie das Wort *Schwein* aus, als würde es sich dabei um ein widerliches Insekt handeln, das in ihrem Mund herumkrabbelte.

»Auf der Suche nach dem Täter werden wir jedes Sandkorn umdrehen.« Hansen erhob sich und steckte sein Notizbüchlein ein. Dann kramte er eine Karte aus seiner Hosentasche und reichte sie ihr. »Sie können mich jederzeit anrufen, wenn Ihnen noch etwas einfallen sollte.«

Jan beugte sich vor und blickte der Witwe in die Augen. »Wir sind immer für Sie da. Bitte bleiben Sie sitzen, wir finden allein raus.«

»Danke.« Sie reichte ihm in einer unbeholfenen Bewegung die Hand, die Jan ergriff. Dann folgte er seinem Vorgesetzten durch den Flur nach draußen.

Der Hauptkommissar zog die Haustür hinter sich zu und schlug seinem Kollegen auf die Schulter. »Du bist ja ein richtiger Frauenversteher.«

»Da gab es nicht viel zu verstehen. Die Frau ist nach dem Mord am Boden zerstört. Ich kann mir die Trauer, die sie empfinden muss, nicht einmal ansatzweise vorstellen.«

»Da ist was dran.« Hansen stieg auf sein E-Bike.

»Hast du etwas erfahren können?« Jan schwang sich in den Sattel und gemeinsam traten die Polizisten in die Pedale.

»Sie hat Wilken erwähnt. Anscheinend ist er vor ein paar Tagen mit ihrem Mann aneinandergeraten.«

»Die Feindseligkeiten zwischen den beiden Maklern sind doch kein Geheimnis. Wilken erzählt ja überall rum, dass Holtkamp ihm mit unlauteren Methoden die Kunden abspenstig macht.«

»Ich werde mit ihm reden. Kannst du dich in der Zeit um Informationen zur Witwe kümmern? Wir müssen ihr Alibi überprüfen und etwas über ihre Vergangenheit erfahren.«

»Hältst du sie etwa für eine Mörderin?«

»Nee, aber wir müssen sie trotzdem unter die Lupe nehmen. Du kennst die Vorschriften besser als ich.«

»Nicht nur das. Im Gegensatz zu dir halte ich mich auch daran. Meistens jedenfalls.« Trotz der angespannten Stimmung huschte ein flüchtiges Lächeln über das Gesicht des jungen Polizisten. Dieses erstarb augenblicklich, als Hansen direkt vor ihm scharf bremste.

»Schon mal was von Regeln im Straßenverkehr gehört?«, schimpfte Jan, der eine Kollision im letzten Augenblick nur hatte verhindern können, indem er sein Steuer herumriss, und beinahe gestürzt wäre.

»Ich kann doch nichts dafür, wenn du zu dicht auffährst.« Hansen kramte sein Notizbüchlein aus der Jackentasche und riss eine Seite heraus. »Darauf stehen die Kontaktdaten der Zeugin. Versuch, so viel wie möglich über Jennifer zu erfahren. Vielleicht liegt der Grund des Mordes in ihrer Vergangenheit, schließlich war sie noch nicht lange mit Holtkamp verheiratet.«

»Vermutest du einen abservierten Liebhaber oder einen eifersüchtigen Ex-Mann?«

»Das wäre denkbar.« Jan nahm den Zettel entgegen und warf einen Blick darauf.

»Wer um alles in der Welt soll das Gekritzel denn lesen?« Der junge Polizist hielt sich die herausgerissene Seite so dicht vor das Gesicht, dass seine Nase das Papier beinahe berührte.

»Das ist kein Gekritzel, sondern eine Charakterschrift. Ich biege jetzt nach links ab und statte Wilken einen Besuch ab. Wir sehen uns später in der Polizeistation.«

Maklerauftrag

Borkum, Juli

»Ragnar, was willst du denn hier?« Siebert Wilken, der am Schreibtisch saß, sah auf, als der Hauptkommissar sein Büro betrat.

»Ich muss kurz mit dir reden.«

Hansen griff nach einem der beiden grauen Besucherstühle, die im Büro des Maklers standen, und setzte sich ungefragt. Der Raum, in dem Wilken seine Kunden empfing, musste dringend wieder gestrichen werden. Der beige Teppich wies einige Flecken auf und die Vorhänge vor dem Fenster schienen seit einer Ewigkeit nicht mehr gewaschen worden zu sein. Auf einer verschrammten Kommode kämpfte eine Orchidee in trockener Erde um ihr Überleben. Das Bild eines Leuchtturms, das hinter dem Makler an der Wand in einem Plastikrahmen hing, war vergilbt.

»Ich habe kein Geld für eine Renovierung«, sagte Wilken, dem der Blick des Polizisten nicht entgangen war.

»Laufen die Geschäfte so schlecht?« Hansen ließ sein Gegenüber bei dieser Frage nicht aus den Augen.

»Du bist doch nicht hier, um mit mir über meine Geschäfte zu reden.« Der Makler legte den Stift, den er in der Hand hielt, vor sich auf den Schreibtisch. »Lass mich raten: Bei der Leiche im Kofferraum handelt es sich um Michael Holtkamp und du willst jetzt von mir wissen, ob ich den Kerl umgebracht habe. Ist das richtig?«

»Jo.« Hansen kaute auf seinem Zigarrenstumpen. »Hast du ihn getötet und seinen Wagen abgefackelt?«

»Natürlich nicht!«, entgegnete Wilken und schob den Stuhl etwas zurück, als wollte er eine möglichst große Entfernung zwischen sich und den Hauptkommissar bringen.

»Wo warst du denn in der Tatnacht?«

»In meinem Bett.«

»Kann das jemand bezeugen?«

»Wie du weißt, bin ich nicht verheiratet.«

»Du könntest trotzdem mit jemandem in der Kiste gewesen sein und …«

»Ich war allein«, unterbrach ihn Wilken aufgebracht.

»Schon gut.« Hansen hob beide Hände, als wollte er sich ergeben. »Hast du eine Idee, wer Holtkamp ermordet haben könnte?«

Der Angesprochene zuckte mit den Schultern. »Keine Ahnung. Der Mistkerl hat sich auf Borkum viele Feinde gemacht.«

»Du bist auch nicht gut auf ihn zu sprechen, richtig?«

Der Makler atmete tief ein und ließ die Luft dann langsam entweichen. »Holtkamp hat Lügen über mich verbreitet und mir wichtige Kunden abspenstig gemacht. Wenn ich nicht bald neue Aufträge an Land ziehe, bin ich pleite.«

»Demnach kommt dir sein Tod sehr gelegen, denn Holtkamps Kunden müssen sich nun neue Makler suchen.«

»Verdammt, Ragnar. Ich habe den Mann nicht getötet, wie oft soll ich dir das noch sagen?«

»Bis ich es dir glaube. Kann ich mich im Haus mal umsehen?«

Ohne eine Antwort abzuwarten, stand der Hauptkommissar auf und schlurfte in seinen Clogs zur Tür.

»Echt jetzt? Du hältst mich ernsthaft für einen Mörder?«

»Wie du dir sicherlich denken kannst, stehst du wegen deiner Differenzen mit Holtkamp auf meiner Liste der Tatverdächtigen ziemlich weit oben. Je früher ich dich davon streichen kann, desto eher werde ich dich in Ruhe lassen können.«

»Hast du einen Durchsuchungsbeschluss?«

»Nee. Brauche ich denn ein amtliches Dokument?« Hansen musterte Wilken mit durchdringendem Blick und einen Moment lang hatte es den Anschein, als wollten die Männer einander niederstarren. Dann senkte Wilken den Kopf.

»Nee, meinetwegen kannst du dich im Haus umsehen, denn ich habe nichts zu verbergen. Bei der Gelegenheit kannst du gleich in der Küche aufräumen und meine Wäsche waschen.« Er wedelte mit der Hand, als wäre der Hauptkommissar ein Angestellter, dessen Dienste er nicht mehr benötigte.

Dieser ließ seinen Blick noch einmal durch den Raum schweifen und verließ dann das Büro, das sich im Erdgeschoss des kleinen Inselhauses befand, in dem Wilken aufgewachsen war und das er von seinem Vater geerbt hatte.

Hansen durchquerte einen Flur und öffnete die gegenüberliegende Tür, hinter der sich die Gästetoilette befand. Er warf einen kurzen Blick hinein, zog die Tür wieder zu und setzte seinen Rundgang in der Küche fort, die am Ende des Flurs lag. Das Zimmer sah aus wie in einem typischen Junggesellenhaushalt. Schmutziges Geschirr stapelte sich in der Spüle. Auf dem mit Brotkrümeln übersäten Tisch standen neben einem benutzten Teller eine Packung Toastbrot und ein Glas Marmelade.

Der Hauptkommissar öffnete Schränke und Schubladen, ohne genau zu wissen, wonach er eigentlich suchte. Sollte Wilken seinen Konkurrenten ermordet haben, würde er ihn sicherlich nicht im Haus herumschnüffeln lassen. Oder wollte er der Polizei auf diese Weise entgegenkommen – in der Hoffnung, damit als Verdächtiger auszuscheiden?
Hansen dachte über die Frage nach.

Wenn Wilken ihn das Haus ohne Durchsuchungsbeschluss unter die Lupe nehmen ließ, hatte er entweder alle Spuren beseitigt oder mit dem Mord nichts zu tun. Demnach würde er hier wahrscheinlich keine belastenden Beweise finden.

Da Wilken nach der Tat aber Fehler gemacht oder etwas übersehen haben konnte, setzte Hansen seine Inspektion fort. Nach der Küche nahm er sich den Hauswirtschaftsraum vor, in dem zwei überquellende Wäschekörbe vor einer Waschmaschine standen. Dem muffeligen Geruch nach schien Wilken seine Klamotten schon länger nicht mehr gereinigt zu haben.

Der Hauptkommissar wühlte in der Wäsche, konnte aber kein blut- oder rußbeflecktes Kleidungsstück entdecken.

Im Obergeschoss befand sich zwischen dem Schlafzimmer und einem Badezimmer ein kleiner Raum, der mit Gerümpel und Kartons vollgestopft war. Da er auch hier nichts finden konnte, was ihm bei seinen Ermittlungen weiterhelfen würde, kehrte er ins Büro zurück.

»Willst du mich jetzt verhaften?« Wilken blickte auf.

»Nee, da war nichts. Danke für deine Kooperation.«

»Gern geschehen.«

»Ich mach mich jetzt wieder vom Acker.«

»Tschüss.«

Der Hauptkommissar verließ das Haus. Auf dem Weg zu seinem Fahrrad warf er einen Blick in den verwilderten Garten. Halb hinter wuchernden Sträuchern verborgen stand ein selbstgezimmerter Schuppen, dessen Tür im Wind knarrte.

Dessen Tür im Wind knarrte ...

Hansen schritt durch kniehohe Gräser und Wildblumen zu dem Bretterverschlag. Dabei entdeckte er niedergedrückte Pflanzen, die sich noch nicht wieder aufgerichtet hatten. Demnach war Wilken vor Kurzem im Schuppen gewesen.

Der Hauptkommissar, der bei Ermittlungen viel auf sein Bauchgefühl gab, hatte plötzlich einen Knoten im Magen.

Hastig blickte er zum Haus. Da das Bürofenster zur Straße rausging, konnte ihn der Makler vom Schreibtisch aus nicht sehen. Mit schnellen Schritten eilte er zum Schuppen und öffnete die Tür. Tageslicht fiel herein und ließ die Staubflocken tanzen.

In die muffige Luft mischte sich ein leichter Benzingeruch. An den Wänden lehnten Gartengeräte und ein Rosenspalier. Ein offensichtlich länger nicht benutzter Rasenmäher stand davor. Daneben waren drei schwarze Kanister aufgereiht. Zwei Blecheimer standen in der rechten Ecke, in die das Licht nicht vordrang. In einem von ihnen waren hüfthohe Stangen zu erkennen, die man zum Aufbau eines Maschendrahtzauns verwenden konnte.

Oder um einem Menschen damit den Schädel einzuschlagen.

Der Knoten in seinem Magen zog sich fester zusammen.

Hansen kramte sein Smartphone aus der Tasche seines Friesennerzes und aktivierte die Taschenlampenfunktion, wie Jan es ihm gezeigt hatte. Er ließ den Lichtstrahl über die Stangen gleiten, konnte außer rostigen Stellen aber nichts entdecken. Er wollte das Gerät gerade wieder einstecken, als das Licht eine feuchte Stelle an der Innenwand des Eimers reflektierte. Er ging in die Hocke und betrachtete den Fleck genauer, bei dem es sich um geronnenes Blut handeln konnte.

Der Knoten war nun so fest, dass Hansen kaum noch atmen konnte. Er nahm jede Stange aus dem Eimer und inspizierte sie genau. Auf einer von ihnen bemerkte er eine fingergroße Verschmutzung, die er zunächst für Erde gehalten hatte.

»Schiet ok«, murmelte Hansen, als er seinen Irrtum erkannte, denn dabei handelte es sich nicht um Dreck, sondern um geronnenes Blut.

Er ging zu einem der Kanister, schraubte den Deckel ab und roch daran. Der Benzingeruch war frisch.

Der Hauptkommissar nickte grimmig und kehrte zum Haus zurück.

»Was willst du denn schon wieder hier?« Wilken sah ihn genervt an.

»Wann wolltest du mir von deinem Schuppen erzählen?« Hansen baute sich vor dem Schreibtisch des Maklers auf und stützte die Hände auf die Tischplatte.

»Wieso sollte ich? Da sind nur Gartengeräte drin, die ich schon lange nicht mehr benutzt habe.«

»Und eine blutbesudelte Eisenstange.«

Wilken sah den Polizisten so erstaunt an, als hätte sich dieser in eine Kuh verwandelt, die in rosafarbenen Gummistiefeln in sein Büro getrottet war. Dann stand er auf und bewegte sich langsam auf Hansen zu, ohne diesen dabei aus den Augen zu lassen.

»Ich weiß nicht, was du meinst.« Wilken schob sich an der Seite des Schreibtisches vorbei.

»Du weißt genau, wovon ich rede. Was machen die Benzinkanister in deinem Schuppen?«

»Die brauche ich. Für den … Rasenmäher.«

»Rasenmäher?« Der Hauptkommissar zog das Wort wie einen Kaugummi auseinander. »Eine bessere Ausrede fällt dir nicht ein? Das Ding hat einen Stecker und wird mit Strom betrieben.«

»Ich meine …« Urplötzlich griff Wilken nach einem Briefbeschwerer in Form eines Seehundes und warf ihn nach Hansen. Dieser duckte sich und das Wurfgeschoss sauste nur Millimeter an seinem Kopf vorbei und krachte an die gegenüberliegende Wand. Dort bohrte es ein Loch in die Wand und fiel dann krachend zu Boden.

Wilken nutzte den Moment und floh aus dem Büro.

Hansen nahm die Verfolgung auf und rannte in den Flur. Der Geflüchtete war bereits aus der Haustür und knallte diese hinter sich zu. Der Hauptkommissar lief hinterher, riss die Tür auf und sah sich um – aber Wilken war verschwunden.

»Verdamminochmolto«, schimpfte Hansen und wollte gerade Richtung Straße eilen, als er eine Bewegung im hohen Gras wahrnahm. Sofort lief er Richtung Schuppen.

Wenige Meter vor seinem Ziel stürzte sich Wilken, der sich im Gras versteckt hatte, auf ihn. In einem Gewirr aus Armen und Beinen gingen die beiden Männer zu Boden.

Der Hauptkommissar drehte sich zur Seite und rappelte sich auf. Wilken, der von dem Sturz noch leicht benommen war, stemmte stöhnend die Knie auf den Boden und stützte sich mit den Händen ab, bis er auf allen vieren vor Hansen kniete.

»Hiermit verhafte ich dich wegen Mordes an Michael Holtkamp und tätlichen Angriffs auf einen Vollstreckungsbeamten. Den Spruch mit deinen Rechten wird mein Kollege gleich aufsagen, denn der kann das besser als ich.« Hansen griff nach dem Arm seines Widersachers, der sich aufgerappelt hatte und nun auf wackeligen Beinen stand. Wenige Augenblicke später klickten die Handschellen.

»Ich habe Holtkamp nicht getötet.« Das Gesicht des Maklers war verdreckt, die Haare standen vom Kopf ab und waren so zerzaust wie ein Weizenfeld nach einem Sturm.

»Warum bist du dann geflohen?«

»Weil mich anscheinend jemand mit getürkten Beweisen in die Pfanne hauen will und du nicht an meine Unschuld glaubst. Ich besitze nicht einmal einen Benzinkanister. Was soll ich ohne Auto denn damit?«

»Keine Ahnung. Sag du es mir.« Hansen stützte die Hände auf die Oberschenkel und musterte das niedergedrückte Gras aus zusammengekniffenen Augen.

»Der Mörder wird … hast du etwas verloren oder suchst du eine weitere Leiche?«

»Meine Zigarre ist mir bei deinem hinterhältigen Angriff aus dem Mund gefallen. Sollte ich sie nicht wiederfinden, wird sich das strafverschärfend auswirken.«

»Ich kann doch nichts dazu, wenn du deinen stinkenden Sargnagel verlierst.«

»Du hast Glück. Hier ist das gute Stück.« Der Hauptkommissar bückte sich und hob den erkalteten Zigarrenstumpen auf. Dann strich er etwas Erde von der Rauchware und rammte sie sich zwischen die rauen Lippen. Wenige Minuten später hatte er die Kollegen der Spurensicherung informiert, die mit der nächsten Fähre nach Borkum kommen wollten.

Jan, mit dem er ebenfalls telefoniert hatte, würde das Grundstück mit Flatterband absperren und auf das Erscheinen der Experten warten. Damit wollte Hansen unbedingt verhindern, dass neugierige Beobachter Spuren zertrampelten oder ein möglicher Komplize Beweise vernichtete.

Der Makler stand während der Zeit so reglos neben ihm, als hätte er Wurzeln geschlagen. Dabei beteuerte er immer wieder, Holtkamp nicht umgebracht zu haben.

»Solltest du unschuldig sein, hast du auch nichts zu befürchten.«

Nach Jans Ankunft führte der Hauptkommissar Wilken zur Polizeistation. Dort würde er so lange in einer Zelle bleiben, bis ihn die Kollegen vom Festland in Gewahrsam nahmen.

Nachlass

Borkum, Juli

»Denkst du, dass Wilken unser Mann ist?«

Jan, der am späten Nachmittag in die Polizeistation zurückgekehrt war und inzwischen seine Mails gecheckt hatte, blickte Hansen fragend an.

»Hm.« Sein Vorgesetzter lehnte sich in seinem Stuhl zurück und drückte die Daumen unter die Hosenträger.

»Ist das alles, was du dazu zu sagen hast?«

»Nee.«

»Ist das alles, was du dazu zu sagen hast, oder war das eine Antwort auf meine letzte Frage?«

»Kann man so sehen.«

»Herrgott, jetzt lass dir doch nicht jedes Wort aus der Nase ziehen.«

»Ich kenne Wilken seit seiner Kindheit. In seiner Jugend hat er gelegentlich über die Stränge geschlagen und war in einige Kneipenschlägereien verwickelt. Dennoch traue ich ihm einen derart brutalen Mord nicht zu.« Hansen ließ die Hosenträger flippen.

»Sollten seine Fingerabdrücke auf den Benzinkanistern sein, beweist das …«

»… nichts.«

»Das ist richtig, aber wenn Holtmanns Blut auf einer der Eisenstangen nachgewiesen wird, muss Wilken mit einer Verurteilung rechnen.«

»Nicht zwangsweise, denn der wirkliche Mörder könnte die Tatwaffe im Schuppen deponiert haben, um den Verdacht auf den Makler zu lenken. Die Feindschaft zwischen ihm und Holtkamp ist auf Borkum schließlich kein Geheimnis.«

»Demnach müsste es sich bei dem Täter um einen Insulaner handeln«, folgerte Jan und legte die Fingerspitzen aneinander.

»Nicht unbedingt.«

»Wie jetzt? Ich kann dir nicht folgen.«

»Deshalb bin auch ich der Chef und nicht du.« Ein Lächeln umspielte Hansens Lippen, bevor er fortfuhr: »Wilken kann durchaus unser Mann sein, denn er hat ein Motiv, die Mittel und die Gelegenheit.« Bei jedem Begriff hob der Hauptkommissar einen Finger in die Höhe. »Auch wenn ich nicht weiß, wozu er angesichts seiner finanziellen Situation in der Lage ist, fühlt sich die Festnahme trotz Wilkens Widerstand falsch an.«

»Seit wann hast du denn Gefühle?«, witzelte Jan.

Hansen ignorierte seine Bemerkung und fuhr fort: »Obwohl momentan viele Hinweise gegen den Makler sprechen, werden wir weiterhin in alle Richtungen ermitteln. Was hast du bisher zur Witwe herausgefunden?«

»Moment, ich öffne schnell die Datei, in der ich meine Informationen gespeichert habe.« Die Finger des jungen Polizisten flogen über die Tastatur seines Computers. Wenige Augenblicke später hatte er eine Liste auf dem Bildschirm, in der er die wichtigsten Punkte zusammengetragen hatte.

»Wie wir bereits wissen, hat Jennifer Holtkamp ein Alibi für die Tatzeit. Ich habe mit der Freundin telefoniert, mit der Holtkamp in Oldenburg gewesen ist. Diese hat das Alibi nicht nur bestätigt, sondern weitere Personen genannt, die die Witwe in der Mordnacht in einer Oldenburger Cocktailbar gesehen haben. Auch wenn ich noch nicht alle Zeugen befragen konnte, können wir Holtkamp von der Liste der Verdächtigen streichen.«

»Sie könnte mit einem Komplizen zusammengearbeitet haben«, wandte Hansen ein.

»Das wäre denkbar. Wusstest du, dass Jennifer Holtkamp in den letzten sechs Jahren bereits drei Ehemänner beerdigt hat?«

»Echt jetzt?« Hansen riss die Augen auf.

»Einer von ihnen fiel unglücklich die Treppe runter, der Zweite verlor sein Leben bei einem Autounfall und der Dritte stürzte bei einer Bergwanderung in die Tiefe.«

»Ich gehe davon aus, dass Jennifer bei keinem der Todesfälle auch nur in der Nähe ihrer Ehemänner gewesen ist.« Hansen sprang wie elektrisiert von seinem Stuhl auf. »Hast du das alles mit diesem Daddelkasten herausgefunden?« Bei dieser Frage deutete er auf den Computer.

»Yep. Sieh dir das hier mal an.« Jan winkte seinen Vorgesetzten zu sich. Dieser schlurrte um den Schreibtisch herum und sah seinem jungen Kollegen über die Schulter.

»Was ist das?« Der Hauptkommissar blickte angestrengt auf die Schriftstücke, die auf dem Bildschirm zu erkennen waren. »Das sind Policen von Lebensversicherungen. Nach jedem Todesfall war Jennifer um einige Millionen Euro reicher. Auch bei Holtkamp wird einiges zu holen sein.«

»Haben wir es etwa mit einer Schwarzen Witwe zu tun?«

Hansen beugte sich so weit vor, bis seine Nase den Computermonitor fast berührte. »Klei mi ann Mors. Das sind insgesamt über sieben Millionen Euro Versicherungssumme. Dazu werden noch Immobilien und andere Wertsachen kommen. Wie bist du überhaupt an die Unterlagen gelangt?«

»Das willst du nicht wissen.« Jan, der nach seiner Ausbildung zunächst zur Spezialabteilung Cyberkriminalität hatte wechseln wollen und daher wusste, wie man Verschlüsselungen, Firewalls und andere Sicherheitssysteme umging, schüttelte den Kopf.

Der Hauptkommissar musterte seinen Kollegen einen Moment, als wollte er etwas sagen. Dann brummelte er aber lediglich etwas Unverständliches und blickte wieder auf den Monitor, auf dem nun die Fotos der verstorbenen Ehemänner zu sehen waren.

»Jennifer Holtkamp scheint auf keine bestimmten Männertypen zu stehen«, kommentierte Jan die Bilder. »Einer ist klein und dick, der andere groß und so hager, dass der Wind auf seinen Rippen Xylophon spielen kann. Der Bergsteiger hatte eine sportliche Figur. Holtkamp hingegen war eher der Businessmann, der im Anzug eine gute Figur machte. Nach meinen bisherigen Recherchen waren alle Männer alleinstehend und hatten keine Familien. Sie hatten unterschiedliche soziale Kontakte und keine übereinstimmenden Interessen. Die einzige Gemeinsamkeit bestand in …«

»… ihrem Reichtum«, fiel ihm ein aufgeregter Hansen ins Wort. »Bei zwei Ehemännern hätten die Todesfälle noch Zufall sein können, bei vier toten Gatten vermute ich eine Schwarze Witwe. Da wir nicht davon ausgehen können, dass der zukünftige Ehemann seinen jeweiligen Vorgänger aus dem Verkehr gezogen hat, denke ich, dass Jennifer mit einem Liebhaber zusammenarbeitet. Demnach wäre Wilken unschuldig.«

»Wie willst du den Mörder denn finden?«

»Wir werden zunächst alle alleinstehenden Männer unter die Lupe nehmen, die in den letzten Wochen auf Borkum eine Wohnung gemietet oder einen längeren Hotelaufenthalt gebucht haben. Dabei sollten wir uns zunächst auf jene Personen konzentrieren, die die Insel direkt nach der Brandnacht verlassen haben.«

»Puh, damit sind wir aber eine Weile beschäftigt.« Jan fuhr sich durch die Haare.

»Dann sollten wir uns besser sofort an die Arbeit machen.«

»Wollen wir die Kollegen vom Festland informieren, damit sie Wilken wieder aus der Untersuchungshaft entlassen?«

»Nee, denn trotz allem ist er weiterhin dringend tatverdächtig. Zudem können wir die Witwe mit seiner Festnahme in falscher Sicherheit wiegen. Wenn sie davon ausgeht, dass wir den Täter schon geschnappt haben, wird ihr Komplize vielleicht leichtsinnig und macht einen Fehler.«

»Da ist was dran. Hoffentlich bekommen wir den Bericht der Spurensicherung bald. Mit etwas Glück hat der Täter irgendwo seine DNA-Visitenkarte hinterlassen.«

»Glück ist eine launische Diva. Bei der Aufklärung von Mordfällen halte ich mich lieber an echte Ermittlungsarbeit.«

Hansen marschierte zu seinem Platz zurück. Dort schlüpfte er aus seinen Clogs, legte die Füße auf den Schreibtisch und lehnte sich in seinem Stuhl zurück.

»Was um alles in der Welt machst du da?«, fragte Jan konsterniert.

»Nachdenken.« Der Hauptkommissar verschränkte die Finger ineinander und legte die Hände auf den Bauch. Dann schloss er die Augen.

Mord(s)geschichte

Borkum, Juni

»Schreiben wir heute Abend an unserem Roman weiter?«

Leonie Kornbrenner griff im *Borkumer Bookje* nach einem auf der Rampe liegenden Taschenbuch und stellte es in das Kriminalalphabet zurück.

»Heute habe ich keine Zeit.« Heike Gessner fuhr sich durch die moderne Kurzhaarfrisur, an die sie sich nach den vielen Jahren mit einer Löwenmähne noch immer nicht gewöhnt hatte.

»Schade, dann eben nicht.« Die Enttäuschung war der Literaturstudentin deutlich anzumerken.

»Ich wollte mit meinem Freund …« Die Buchhändlerin verstummte, als das Smartphone in ihrer Hosentasche vibrierte. Sie warf einen Blick auf das Display und nahm das Telefonat dann entgegen. »Jan, ich habe gerade an dich gedacht. Wann treffen wir uns denn und … was sagst du?« Heike hielt sich das Smartphone so fest ans Ohr, als wollte sie es in den Kopf hineindrücken, um kein Wort zu verpassen. Wenige Minuten später steckte sie das Gerät wieder in ihre Hosentasche.

»Was ist denn mit dir los? Du siehst so nachdenklich aus.«

»Wilken wurde heute wegen Mordverdachts verhaftet.«

»Wer ist das?« Leonie runzelte die Stirn.

»Ein Borkumer Makler, der in der jüngsten Vergangenheit öfter mit Holtkamp aneinandergeraten ist. Bei der Festnahme hat er den alten Hansen angegriffen.«

»Den Hauptkommissar?«

»Richtig. Seine Verhaftung macht unsere Geschichte vom Borkumer Feuerteufel noch spannender.«

»Das sehe ich auch so.« Leonie war sofort Feuer und Flamme. »Was hältst du davon, wenn wir Wilken ein in der

Vergangenheit liegendes Geheimnis andichten, das ihn mit dem Toten verbindet? Die beiden könnten Freunde gewesen sein, die nach einem Zwischenfall zu erbitterten Feinden wurden. Denkbar wäre ein Verbrechen, das die beiden zusammen begangen haben. Sie könnten sich auch in dieselbe Frau verliebt oder einen Unfall verursacht haben, bei dem jemand zu Tode kam. Möglich wäre zudem …«

»Stopp!« Heike hob beide Hände. »Deine Kreativität ist unglaublich. Lass uns in Ruhe überlegen, welche Wendung wir unserer Geschichte geben wollen.«

»Wenn du keine Zeit hast, werde ich heute Abend allein schreiben. Wir können den Text danach gemeinsam überarbeiten.«

»Da Jan heute ohnehin wieder Überstunden machen muss, können wir uns auch zusammensetzen. Nach der Arbeit brauche ich allerdings erst einmal etwas zum Essen und ein Glas Prickelbrause.«

»Toll!« Leonie klatschte in die Hände.

Nach Ladenschluss schloss Heike die Buchhandlung, und die beiden Frauen kauften sich an einem Fischgeschäft Krabbenbrötchen und eine kleine Flasche Sekt. Mit den Leckereien machten sie es sich auf einer Bank auf der Strandpromenade gemütlich.

»Hat dein Freund außer der Verhaftung noch etwas erzählt?« Die Studentin biss herzhaft in ihr Brötchen und verdrehte genießerisch die Augen.

»Ich habe dir doch schon gesagt, dass er über laufende Ermittlungen nicht mit mir reden darf. Von der Festnahme hat er mir nur erzählt, weil es in Kürze dazu eine offizielle Presseerklärung geben wird.«

»Demnach weißt du nicht, ob die Polizisten noch andere Spuren verfolgen?«

Heike schüttelte den Kopf und trank Sekt aus einem Pappbecher.

»Schade, denn wenn der Makler seinen Konkurrenten umgebracht hat, ist unsere Geschichte schnell erzählt.«

»Wir können uns doch weitere Handlungsstränge ausdenken«, wandte Heike ein und deutete auf eine Möwe, die sich auf dem Dach eines Strandzeltes niedergelassen hatte und die Frauen mit schiefgelegtem Kopf beäugte. »Pass auf dein Brötchen auf.«

»Dieses Fischbrötchen teile ich mit niemandem!« Leonie steckte sich den letzten Bissen in den Mund.

»Holtkamp könnte schmutzige Geschäfte gemacht haben.« Heike blickte gedankenverloren über den Strand, an dem bunte Strandzelte und Strandkörbe standen. Einige Urlauber hatten ihr Stranddomizil mit einer Sandmauer wie eine Burg umgeben und diese kunstvoll verziert. Kinder liefen lachend über den Sand oder ließen mit ihren Vätern Drachen steigen, während die Mütter Bücher lasen oder in Zeitschriften blätterten. Für Heike war Borkum mehr als ein Sandhaufen in der Nordsee. Für sie war es die Oase in einer Welt, die immer mehr aus den Fugen zu geraten schien. Hoffentlich hatten die Polizisten den wahren Feuerteufel verhaftet, denn der Gedanke, dass ein Verbrecher ihre Insel in Schutt und Asche legte, war grauenvoll.

Leonie sah sie mit vollen Backen kauend an und schluckte dann. »Schmutzige Geschäfte sind eine gute Idee. Holtkamp könnte ein größeres Bauprojekt auf Borkum geplant und sich die dazu notwendigen Genehmigungen mit Schmiergeld erkauft haben. Einer der Bestochenen hat den Makler dann umgebracht, damit dieser die Sache nicht auffliegen lässt.«

»Warum sollte jemand einen Menschen töten, von dem er finanziell profitiert? Ich hätte weiteres Geld von Holtkamp erpresst.«

»Weil … weiß auch nicht. War nur so ein Gedanke«, winkte Leonie ab, bevor sie leiser hinzufügte: »Ich sollte mehr nachdenken, bevor ich meine Klappe aufreiße.«

»Wir können die Handlungsstränge doch gemeinsam entwickeln«, versuchte Heike die Selbstzweifel der Studentin zu zerstreuen. »Die Idee einer Erpressung wegen eines Bauprojektes finde ich toll.«

»Wirklich?«

»Klar. Nehmen wir mal an, dass Holtkamp eine Ferienanlage auf Borkum geplant hätte. Für ein derartiges Vorhaben braucht er Mitstreiter wie Architekten, Mitarbeiter einer Baugesellschaft und einen Notar. Wir könnten verschiedene Personen aus diesen Branchen als mögliche Täter aufbauen und die Leser damit auf falsche Fährten führen.«

»Wenn einer von ihnen eine Frau ist, könnten wir noch eine außereheliche Affäre mit Holtkamp einbauen.«

»Toller Vorschlag. Dann wäre seine Ehefrau auch noch eine mögliche Täterin.«

»Warum sollte die denn ihren Mann und nicht die Nebenbuhlerin töten?«

»Weil … keine Ahnung.« Heike zuckte mit den Schultern. »Wie du siehst, führen auch meine Vorschläge oft in eine gedankliche Sackgasse.«

»Im Gegensatz zu mir hast du aber immer rettende Einfälle. Ich werde niemals so gut sein wie du.«

»Rede nicht so einen Blödsinn. Deine Zweifel sind unangebracht, denn du wirst deinen Weg auch ohne mich gehen.«

»Das ist möglich. Aber dann hätte ich weniger Spaß.«

»Darauf sollten wir anstoßen!«

Die Frauen tranken ihren Sekt aus und machten sich nach dem schnellen Abendessen auf den Weg zu Heikes Haus. Dort setzten sie sich gemeinsam an den Küchentisch und klappten ihre Laptops auf. Wenige Augenblicke später waren nur noch die Tastenanschläge zu hören, mit denen sie ihre Ideen festhielten.

Dünenresort

Borkum, Juli

»Das Protokoll der Spurensicherung ist vor wenigen Minuten eingetroffen«, informierte Jan den Hauptkommissar, als dieser zwei Tage nach Wilkens Festnahme das Büro der Polizeistation betrat.

»Da hat jemand beim LKA Überstunden gemacht.« Hansen hängte den Friesennerz an die Garderobe und setzte sich an seinen Schreibtisch. »Was steht denn drin?«

»Das Blut an der Eisenstange, die in Wilkens Schuppen gefunden wurde, stammt nach einem DNA-Abgleich mit 99,99-prozentiger Wahrscheinlichkeit von Holtkamp. Demnach wird der Makler seinen Konkurrenten umgebracht haben. Erinnerst du dich noch an die beiden Urlauber, die nach Holtkamps Tod ausgesagt haben, dass das Opfer in der Mordnacht von Wilken auf der Straße bedroht wurde?«

»Jo.« Der Hauptkommissar fuhr seinen Computer hoch. »Die beiden würden auch in einem Gerichtsverfahren gegen Wilken aussagen. Was ist mit Fingerabdrücken?«

»Auf der Tatwaffe wurden keine Abdrücke gefunden. Demnach hat der Täter entweder Handschuhe getragen oder die Stange von verräterischen Spuren gesäubert.«

Hansen öffnete sein Mailfach und klickte auf den Bericht der Spurensicherung. Wenige Augenblicke später hatte er diesen überflogen und schüttelte den Kopf. »Du wirst mit deiner Vermutung unrecht haben.«

»Wieso das denn?« Jan, der die Nachtschicht übernommen hatte, fuhr sich in einer fahrigen Bewegung über das Gesicht.

»Warum sollte Wilken seine Fingerabdrücke wegwischen, den Blutfleck aber nicht?«

»Er könnte ihn vergessen haben.«

»Ich habe in meinem Leben schon einige dämliche Gauner verhaftet, aber so blöd war noch niemand. Obwohl Wilken in seinem Leben bestimmt keinen Nobelpreis gewinnen wird, hätte er die Stange nach dem Mord sicherlich vollständig gesäubert oder im Watt vergraben.«

»Bist du sicher?«, hakte Jan nach und gähnte.

Hansen lehnte sich in seinem Stuhl zurück und hakte die Daumen unter die Hosenträger.

»Nee, sicher bin ich leider nicht. Obwohl momentan alle Spuren zu Wilken führen, sollten wir auch die Ermittlungen gegen die Witwe weiterhin verfolgen. Ihr Komplize könnte die Mordwaffe zusammen mit den Kanistern im Schuppen deponiert haben, um uns den Täter auf dem Silbertablett zu servieren. Was soll Wilken denn mit den Benzinkanistern, auf denen übrigens auch keine Fingerabdrücke zu finden waren, wenn er keine Geräte hat, die er damit antreiben kann?«

»Keine Ahnung und …«

»… genau das ist das Problem. Wir haben zu viele ungelöste Fragen.«

Jan atmete tief ein und ließ die Luft langsam entweichen. Dann fragte er: »Was ist mit den Windloopern? Könnten die Umweltschützer etwas mit dem Mord zu tun haben?«

»Ich denke nicht, denn sie setzen sich für ein klimaneutrales Borkum ohne Autos ein. Die Gruppe könnte hinter den Brandanschlägen stehen, aber warum sollten sie Holtkamp töten?«

»Weil er an einem Projekt beteiligt ist, das für die Insel umweltschädlich sein wird.«

»Was könnte das sein?« Hansen kaute auf seinem Zigarrenstumpen.

»Er könnte sich beispielsweise für einen weiteren Parkplatz eingesetzt oder eine Ferienanlage in den Dünen geplant haben und … warum siehst du mich so komisch an?«

»Dieser Ermittlungsansatz hätte auch von mir sein können. Aus dir kann doch noch etwas werden.« Der Hauptkommissar nickte anerkennend. Dann stand er auf, schlurrte zur Garderobe und zog seinen Friesennerz wieder an.

»Wo willst du hin?«

»Ich werde den Windloopern einen weiteren Besuch abstatten.«

»Du wolltest mich doch in der Polizeistation ablösen. Inzwischen ist es fast acht Uhr und ich habe seit zwanzig Stunden nicht geschlafen. Ich brauche unbedingt einen …«

»… Männerkaffee. Der hält dich wach«, unterbrach ihn Hansen. »Ich setze schnell eine Kanne auf.«

Den Protest seines Kollegen ignorierend schritt der Hauptkommissar in die kleine Küche. Nachdem er eine Kanne aufgesetzt hatte, schaltete er die Maschine ein, verließ die Polizeistation und radelte mit seinem E-Bike Richtung Ostland.

In der letzten Nacht hatte er kaum geschlafen und sich unruhig auf dem Laken gewälzt. Das Gefühl, einen Unschuldigen verhaftet zu haben, bereitete ihm Bauchschmerzen. Trotz der Festnahme gab es noch zu viele unbeantwortete Fragen – und weitere Verdächtige.

Hatte die Witwe ihren Ehemann wegen des Erbes umbringen lassen? Wenn ja – mit wem arbeitete sie zusammen? Steckten die Windlooper doch hinter dem Mord? Hatte Holtkamp einen Geschäftspartner über den Tisch gezogen? Waren Wilken angesichts seiner drohenden Pleite die Sicherungen durchgebrannt?

Auf dem Weg ins Ostland begegneten ihm um diese Uhrzeit nur wenige Urlauber. Die meisten Feriengäste lagen entweder noch im Bett oder frühstückten mit ihren Familien und Freunden, bevor sie einen weiteren Sommertag am Strand verbrachten.

Vor dem renovierungsbedürftigen Gebäude in der Nähe der Kobbedünen, das etwas abseits der Straße lag, stellte er sein Rad ab und trat auf das Grundstück.

Auf dem mit Unkraut überwucherten Weg ließ er den Blick über das Haus schweifen. Zwei Fenster standen offen. Ein Vorhang tanzte in einer leichten Morgenbrise. Der Duft von frisch gebackenem Brot stieg ihm in die Nase und erinnerte ihn daran, dass er seit dem Fischbrötchen am gestrigen Abend nichts mehr gegessen hatte. Stimmengewirr und das Klappern von Geschirr waren zu hören. Im Hintergrund konnte er Musik von Bob Dylan vernehmen.

Der Hauptkommissar hatte die Haustür fast erreicht, als diese plötzlich aufgerissen wurde und Ekhoff heraustrat. Auch jetzt war der hünenhafte Mann nur mit Boxershorts und einem T-Shirt bekleidet. In den Händen hielt er eine Kiste mit Altpapier.

»Was wollen Sie denn schon wieder hier?« Er musterte den Polizisten feindselig.

»Frühstücken. Das riecht lecker.«

»Ich kann mich nicht daran erinnern, Sie eingeladen zu haben.«

»Das macht nichts. Ich vergesse auch manchmal etwas.«

Hansen drängte sich an den überraschten Umweltaktivisten vorbei und trat ins Innere des Hauses.

»Bullenalarm«, rief Ekhoff und folgte ihm in die Küche.

Der schmächtige Kerl, an den sich Hansen nach seinem letzten Besuch gut erinnerte, saß am Tisch und drückte rasch eine süßlich riechende Zigarette im Aschenbecher aus.

»Rauchen ist ungesund.« Der Hauptkommissar setzte sich ungefragt an den Tisch und schob den Zigarrenstumpen in den linken Mundwinkel.

»Was ist denn hier los?« Der Mitstreiter mit dem Lockenkopf schlurfte barfuß ins Zimmer. Seine Haare waren ungekämmt und standen wie dünne Stacheln vom Kopf ab. Bekleidet war er lediglich mit einer bunten Pyjamahose.

»Ihr hattet mich zum Frühstück eingeladen. Habt ihr das etwa vergessen?« Hansen grinste über beide Backen.

»Echt jetzt?« Der Lockige kratzte sich am Kopf, wobei seine Finger vollständig in den zerzausten Haaren verschwanden.

»Natürlich nicht, du Dösbaddel«, schimpfte Ekhoff und stellte die Kiste auf den Boden.

»Abmarsch!« Der Schmächtige deutete zunächst auf den Hauptkommissar und dann zur Tür.

»Kann ich zumindest eine Tasse Kaffee bekommen?« Hansen ließ sich nicht aus der Ruhe bringen.

»Welchen Teil von *Abmarsch* haben Sie nicht verstanden?«, fragte der Lockenkopf, ohne das Kratzen zu unterbrechen.

»Ich höre schlecht. Muss am Alter liegen.«

»Was führt Sie überhaupt zu uns?« Ekhoff ließ sich dem Hauptkommissar gegenüber auf den Stuhl fallen und bedachte ihn mit einem finsteren Blick.

»Meine Mordermittlung.«

Der Begriff *Mordermittlung* detonierte wie eine Bombe. Die drei Umweltschützer blickten sich an und schüttelten dann wie auf ein unsichtbares Kommando hin gleichzeitig die Köpfe.

»Meinen Sie damit den Mord an diesem geldgierigen Makler?«, fragte der Schmächtige und setzte sich neben Ekhoff.

»Jo.«

»Damit haben wir nichts zu tun«, ließ sich der Lockenkopf vernehmen.

»Wo wart ihr denn in der Tatnacht?«

»In Emden. Dort haben wir dem Ortsverband der Ornithologen bei der Organisation einer Demonstration geholfen.«

»Demnach wart ihr alle auf dem Festland?«

»Richtig.« Ekhoff beugte sich etwas vor. »Es gibt genug Zeugen, die unsere Anwesenheit dort bestätigen können.«

»Kann ich Namen und Adressen bekommen?«

»Selbstverständlich. Können wir sonst noch etwas für Sie tun?«, fragte der Lockenkopf mit süffisantem Unterton.

»Jo. Mir endlich meinen Kaffee bringen.«

»Bin ich etwa ein Dienstbote? Du hast doch nicht mehr alle Latten am Zaun«, ereiferte sich der Schmächtige. »Wenn du nicht sofort einen Abgang machst, werde ich dich …«

»Kalle, halt den Sabbel und bring dem Bullen einen Kaffee.«

Der Angesprochene blickte seinen hünenhaften Anführer einen Moment lang mit säuerlicher Miene an, dann stand er auf und füllte den frisch aufgebrühten Koffeinkick in ein seltsam geformtes Behältnis, das Hansen an ein Projekt im Töpfern in der Grundschule erinnerte.

»Danke.« Er nahm die unförmige Tasse entgegen und trank einen Schluck. Zu seiner Überraschung schmeckte das Heißgetränk wirklich gut.

»Sie sind hier, weil Sie keine Ahnung haben, ob Sie den richtigen Mann eingebuchtet haben, stimmt's?« Ekhoff lehnte sich auf dem Stuhl zurück und verschränkte die Arme vor der breiten Brust.

»Woher wissen Sie von der Festnahme? Die Presseerklärung ist für heute Mittag terminiert.«

»Alter, du lebst voll hinter dem Mond. Schon mal was vom Internet gehört?« Der Schmächtige schüttelte den Kopf.

»Jemand hat eine Aufnahme von der Verhaftung gemacht und das Foto online gestellt. Das hätten Sie eigentlich wissen müssen«, belehrte ihn Ekhoff im herablassenden Tonfall eines Lehrers, der einem besonders dummen Schüler eine Aufgabe zum wiederholten Mal erklären muss.

»Jo«, bestätigte der Hauptkommissar und nahm sich vor, nach seiner Rückkehr sofort mit Jan darüber zu sprechen. »Habt ihr eine Idee, wer Holtkamp umgebracht haben könnte?«

»Wir arbeiten doch nicht mit den Bullen zusammen!«

»Kalle, halt die Klappe, sonst erzähle ich dem Hauptkommissar von deinem Lieblingshobby. Wir schützen keine Mörder«, stellte Ekhoff an Hansen gewandt klar. »Wer immer Holtkamp umgebracht hat, muss dafür zur Rechenschaft gezogen werden. Als Polizist würde ich der Notarin auf die Finger klopfen.«

»Melanie Olschewski?«

Ekhoff nickte. »Es ist doch kein Geheimnis, dass die aufgebrezelte Tussi aus Borkum ein Eiland der Reichen und Schönen machen will. Holtkamp und sie haben sich nicht nur gegenseitig die Kunden zugeschoben, sondern auch ein gigantisches Dünenresort geplant.«

»Dünenresort?« Hansen legte die Stirn in Falten.

»Unser Haus soll einem Luxusbunker weichen. Die Baupläne sollen im Stadtrat bald abgesegnet werden.«

»Woher wisst ihr davon?«

»Wir haben einen Sympathisanten im Rathaus, der uns über alle Neuigkeiten auf dem Laufenden hält. Auf diese Weise können wir manche Vorhaben schon im Keim ersticken.«

»Wie lange wisst ihr von dem Dünenresort?«

»Seit gestern Abend.«

»Warum habt ihr das der Polizei gegenüber nicht erwähnt?«

»Wenn der Bau genehmigt wird, ist das Immobilienprojekt nicht illegal. Zudem hätten Sie uns dann erst recht auf dem Kieker gehabt. Trotzdem werden wir uns mit allen Mitteln gegen diese Verschandelung der Natur wehren.«

»Aber nur mit legalen Mitteln.« Der Hauptkommissar hob mahnend den Zeigefinger und fragte dann: »Könnt ihr mir nähere Details zu dem Dünenresort nennen?«

»Nee, aber Olschewski.«

Der Hauptkommissar trank einen großen Schluck aus dem unförmigen Gefäß und stand auf. »Danke für den Kaffee und die Info. Was ist eigentlich Ihr Lieblingshobby?« Die Frage galt Kalle, der ihn mit großen Augen anblickte.

»Ich … ähem … züchte seltene Pflanzen.«

»Verstehe.« Hansen verabschiedete sich und radelte zur Polizeistation zurück.

Jan hatte die Arme auf den Schreibtisch gelegt und den Kopf darauf gebettet. Er schnarchte leise.

»Dat kunn je woll nich angahn. Der Kerl pennt im Dienst.« Der Hauptkommissar schlug mit der flachen Hand so fest auf den Tisch, dass es wie ein Gewehrschuss knallte.

Sein junger Kollege schreckte auf. »Was machst du denn schon wieder hier?«

Hansen ignorierte die Frage. »Hast du gewusst, dass es im Internet ein Bild der Festnahme von Wilken gibt?«

Jan rieb sich über die Augen und schüttelte den Kopf.

»Warum weißt du so etwas nicht?« Der Hauptkommissar hängte seinen Friesennerz an die Garderobe.

»Weil wir Arbeit bis zum Abwinken haben. Zudem meckerst du jedes Mal, wenn ich im Internet surfe.« Jans Finger flogen über die Tastatur. »Hier ist es. Dem Winkel nach muss das Bild aus einem vorbeifahrenden Auto aufgenommen worden sein. Das Foto wird in den sozialen Medien geteilt und mit meist gehässigen Kommentaren versehen. Einige sehen in Wilken allerdings auch einen Helden, da Holtkamp bei den Insulanern nicht sonderlich beliebt gewesen war.«

»Kannst du mal nach einem *Dünenresort* sehen?« Der Hauptkommissar trat an den Schreibtisch seines Kollegen.

Dieser gab die Wörter *Dünenresort*, *Ostland* und *Borkum* in eine Internetsuchmaschine ein.

»Die Begriffe tauchen in keinem Zusammenhang mit der Insel oder Holtkamp auf. Was soll das denn sein?«

Hansen erzählte ihm von seinem Besuch bei den Windloopern.

»Dann sollten wir uns Olschewski mal vornehmen.« Jan gähnte. Dabei riss er den Mund so weit auf, dass sein Kiefer knackte.

»In deinem Zustand pennst du bei der Vernehmung ein.«

»Da ist was dran. Ich werde jetzt nach Hause fahren und mich erst einmal hinlegen. In der Zeit kannst du einen Termin mit der Notarin machen.«

»Seit wann machst du denn hier die Ansagen? Schlafen kannst du später immer noch.«

»Ich bin todmüde.«

»Mein Männerkaffee weckt auch Tote wieder auf. Nach einer Tasse von meinem Wundermittel bist du wieder munter.« Hansen ging in die Küche.

»Du bist ein elender Sklaventreiber.«

»Das habe ich gehört.« Der Hauptkommissar lachte.

Strandperle

Borkum, Juli

»Wie kann ich Ihnen helfen?«

Melanie Olschewski stand in der geöffneten Haustür ihrer Strandvilla und musterte die beiden Polizisten mit kühlem Blick. Auch an diesem späten Vormittag war die Notarin so perfekt gekleidet und geschminkt, als hätte sie sich für das Fotoshooting einer Modezeitschrift zurechtgemacht.

»Auf Borkum sagt man erst einmal *Moin*.« Hansen trat einen Schritt vor und stand ihr nun auf Armeslänge gegenüber.

»Den Spruch kenne ich bereits. Was wollen Sie?«, fragte die sichtlich genervte Notarin.

»Bei den Ermittlungen zum Tod von Michael Holtkamp sind wir auf einige Ungereimtheiten gestoßen und benötigen deshalb weitere Informationen von Ihnen.«

»Ich wüsste nicht, wie ich Ihnen helfen sollte. Zudem bin ich gerade in einem Business-Meeting. Können Sie später noch einmal vorbeischauen?« Sie wedelte mit der Hand, als wollte sie einen streunenden Hund verscheuchen.

»Das ist leider unmöglich.« Hansen kaute auf seinem Zigarrenstumpen. »Sollte es Ihnen jetzt nicht passen, erwarten wir Sie in einer halben Stunde auf der Polizeistation. Falls Sie dort nicht erscheinen, werden wir Sie in Handschellen vorführen lassen.«

»Was soll der Blödsinn? Damit überschreiten Sie Ihre Kompetenzen.«

»Keinesfalls. Gemäß Paragraf …«, sagte Jan, wurde dann aber sofort von seinem Vorgesetzten unterbrochen.

»Mein Kollege ist ein lebendes Gesetzbuch. Wenn der erst einmal so richtig in Fahrt ist, kann er sogar Fußnoten und Präzedenzfälle rezitieren. Das dauert allerdings eine Weile.

Da Ihre Zeit anscheinend knapp bemessen ist, sollten wir daher sofort zur Sache kommen. Wollen Sie uns nun hineinbitten oder sollen wir Sie vorladen?«

Olschewski blickte von Hansen zu Jepsen und einen Moment hatte es den Anschein, als ob sie ihnen die Tür vor der Nase zuschlagen wollte. Dann trat sie zur Seite.

»Kommen Sie rein.«

Die Polizisten folgten ihr in einen Eingangsbereich, der ganz in Weiß gehalten war. An den Wänden hingen Bilder in grellen Farben, die Hansen an seine Grundschulzeit erinnerten. Bei den bunten Klecksen handelte es sich aber sicherlich nicht um die Arbeiten von Kindern, sondern von Malern, die Farbe auf eine Leinwand schmierten und diese für viel Geld verkauften. Die Kunstwerke wurden von in die Decke eingelassenen Spots angestrahlt.

An der linken Seite führte eine Treppe ins Obergeschoss.

Die Absätze der Pumps, die Olschewski auch im Haus trug, klapperten auf dem Marmorboden.

»Setzen Sie sich bitte.« Die Notarin führte die Beamten in eine Küche, die den Hauptkommissar mit den vielen chromblitzenden Flächen an das Cockpit eines Raumschiffs erinnerte.

»Bitte warten Sie hier einen kleinen Augenblick. Ich bin sofort wieder bei Ihnen.« Olschewski zog die Tür hinter sich zu.

»Wenn uns die reizende Dame in der Küche einsperrt, möchte sie anscheinend nicht, dass wir den Teilnehmern dieses Businessdings begegnen. Ich bin gespannt, mit welchen Leuten sie Geschäfte macht.«

Hansen öffnete die Tür und trat in den Flur. Dort hörte er wispernde Stimmen, deren Worte er allerdings nicht verstehen konnte. Leise schritt er durch den länglichen Gang, bis er zu einem Zimmer kam, dessen Tür nur angelehnt war.

»Ich muss mich um die beiden Vollpfosten in der Küche kümmern. Sieh dir den Kaufvertrag noch einmal in aller Ruhe an. Den Bauplan bekommst du, sobald der Architekt die letzten Änderungen vorgenommen hat und … was machen Sie denn hier?« Die Frage galt dem Hauptkommissar, der in das Zimmer geschlurft war. »Hatte ich nicht gesagt, dass Sie in der Küche auf mich warten sollen?«

»Ich suche die Toilette. Moin Jonas, was machst du denn hier?«, wollte Hansen von dem Mitarbeiter des Borkumer Bauamtes wissen.

Dieser senkte den Blick. »Melanie und ich haben über ein Bauprojekt gesprochen. Wir sind aber schon fertig.«

»Melanie? Kennt ihr euch so gut, dass ihr euch duzt?«

»Wir haben gelegentlich miteinander zu tun.« Eilig raffte der Angesprochene auf dem Tisch liegende Papiere zusammen und stopfte sie in eine schwarze Aktentasche.

»Seit wann machst du eigentlich Hausbesuche? Normalerweise müssen die Antragsteller ins Rathaus kommen und stundenlang in den Gängen warten, bevor sie die heiligen Amtsstuben betreten dürfen.«

»Ich war zufällig in der Gegend.« Der Beamte zog den Reißverschluss der Tasche zu, verabschiedete sich hastig und verschwand aus dem Zimmer.

»Die Gästetoilette ist da vorne. Dritte Tür links.« Olschewski deutete durch die offen stehende Tür in den Flur, und der Hauptkommissar schlurfte dorthin. Er schloss sich ein und betätigte wenig später die Toilettenspülung. Nachdem er sich die Hände gewaschen hatte, kehrte er in die Küche zurück.

Jan saß am Tisch und blickte zu Olschewski auf, die an der Arbeitsplatte lehnte und die Arme vor der Brust verschränkt hatte.

»Ich hätte gerne einen Kaffee.« Der Hauptkommissar deutete mit einem Kopfnicken auf einen Vollautomaten.

»Ich kann mich nicht daran erinnern, Ihnen etwas angeboten zu haben.« Ihre Stimme war so scharf wie geschliffenes Glas.

»Das macht nichts, denn ich werde über diese Art der Unhöflichkeit generös hinwegsehen. Jan, möchtest du auch etwas trinken?«

»Ich hätte gerne …«

»Jetzt reicht es mir aber! Mein Haus ist doch kein Café, in dem Sie nach Belieben etwas bestellen können. Kommen Sie endlich zur Sache. In einer halben Stunde habe ich einen Kundentermin.« Olschewski blickte demonstrativ auf ihre goldene Armbanduhr.

»Dünenresort.«

Hansen schleuderte der Notarin das Wort wie einen Stein entgegen.

»Woher wissen Sie davon?« Die Anspannung in ihrer Stimme war unüberhörbar.

»Wir sind nicht die Vollpfosten, für die Sie uns anscheinend halten, sondern Polizisten, die ihren Job machen.« Der Hauptkommissar schob den Zigarrenstumpen in den linken Mundwinkel.

»Das ist nur ein Projekt, das nichts mit Ihren Ermittlungen zu tun hat«, winkte sie ab.

»Das haben nicht Sie zu beurteilen. Sagen Sie mir, was es mit dem Dünenresort auf sich hat.« Hansens Stimme duldete keinen Widerspruch.

Olschewski seufzte vernehmlich. »Dabei handelt es sich um ein Luxusresort in den Borkumer Dünen.«

»War der Mitarbeiter des Bauamtes deshalb hier?«, hakte Hansen sofort nach.

»Jonas … Herr Mönkeberg … ist in das Genehmigungsverfahren involviert.«

Dem Hauptkommissar entging das Flattern ihrer Augenlider nicht. »Können wir die Unterlagen sehen?«

»Leider nicht, denn die hat Herr Mönkeberg vorhin mitgenommen. Er braucht sie für die nächste Ausschusssitzung im Rathaus.«

»Sie haben doch sicherlich Kopien oder digitale Unterlagen auf einem Laptop oder USB-Stick, die wir uns ansehen können«, ließ sich Jan vernehmen.

»Wie gesagt, das ist …«

»… Tünkram!« Die Stimme des Kommissars hallte wie Donner durch die Küche. Olschewski zuckte erschrocken zusammen. »Sie wollen uns doch nicht ernsthaft erzählen, dass Sie keine Kopien besitzen.«

»Eine Lüge kann strafrechtliche Konsequenzen nach sich ziehen. Gemäß Paragraf …«

»Verschonen Sie mich mit Ihren Vorträgen«, unterbrach Olschewski den jungen Polizisten und hob beide Hände, als wollte sie ein fahrendes Auto anhalten. »Ich habe Rohentwürfe des Bauprojekts im Arbeitszimmer. Die kann ich Ihnen gerne zeigen. Kommen Sie mit.«

Die Notarin verschwand aus der Küche und stöckelte durch den Flur in den Raum, in dem sie vorhin mit dem Mitarbeiter des Bauamtes gewesen war.

Die Polizisten folgten ihr in ein etwa dreißig Quadratmeter großes Zimmer, das sie sich als Büro eingerichtet hatte. Zwei Wände waren mit deckenhohen Regalen verdeckt, die mit Büchern und Ordnern gefüllt waren. An der Stirnseite stand ein Schreibtisch, auf dem ein Computermonitor und eine moderne Telefonanlage zu sehen waren. Neben der Tür war eine Kommode, auf der ein Dutzend Bilderrahmen standen.

Olschewski zog zielstrebig einen Ordner aus einem der Regale und legte ihn auf den Schreibtisch. Wenige Augenblicke später blickten die Polizisten auf die Pläne einer monströsen Ferienanlage, die aus mehreren Hoteleinheiten bestand, die sich durch die Kobbedünen bis zum Strand erstreckten.

»Für das Projekt werden Sie niemals eine Baugenehmigung bekommen«, prophezeite Hansen.

»Das lassen Sie mal meine Sorge sein.« Der Stimme nach schien Olschewski ihre Selbstsicherheit wiedergefunden zu haben.

»Bauherr des Projektes ist die *Strandperle GmbH.*« Der Hauptkommissar deutete auf einen Schriftzug am unteren Rand des Bauplans. »Sind Sie alleinige Gesellschafterin dieses Unternehmens?« Die Notarin zögerte einen Moment mit der Antwort. Dann nickte sie.

»Wie gut kannten Sie Holtkamp eigentlich?«

»Flüchtig. Wir haben einige gemeinsame Kunden und sind uns bei gesellschaftlichen Veranstaltungen immer wieder über den Weg gelaufen. Ostfriesland ist ein Dorf, da kennt man sich.«

»Hatten Sie ein Verhältnis mit dem Verstorbenen?«

»Natürlich nicht.«

»Warum haben Sie dann ein Foto von Holtkamp und sich hier stehen?« Hansen nahm eines der Bilder von der Kommode. Auf der Aufnahme waren der Makler und die Notarin in eleganter Abendkleidung zu sehen.

»Das Foto wurde auf einem Ball der Norddeutschen Immobilienförderung gemacht. Wie Sie sehen, sind hier auch Aufnahmen, auf denen ich mit anderen Männern aus der Immobilienbranche abgelichtet bin. Wenn ich mit jedem dieser Herren ins Bett hüpfen würde, käme ich nicht mehr zum Arbeiten.« Sie lächelte süffisant.

»Haben Sie das Dünenresort gemeinsam mit Holtkamp geplant?«

Wieder zögerte die Notarin einen Moment mit der Antwort. »Wir hatten darüber gesprochen.«

Jan, der während des Gesprächs zwischen Hansen und Olschewski in dem auf dem Tisch liegenden Ordner geblättert hatte, nahm ein Schriftstück heraus und wedelte damit herum.

»Wann wollten Sie uns denn von dem Gesellschaftsvertrag der *Strandperle* erzählen?«

»Ich kann doch nicht alle Fragen gleichzeitig beantworten. Was möchten Sie denn wissen?«

»Soweit ich das beurteilen kann, haben Sie die GmbH zusammen mit Holtkamp gegründet, wobei jeder von Ihnen eine Einlage in Höhe von 500.000 Euro erbracht hat. Nach einer Vertragsklausel gehen die Anteile eines Gesellschafters bei dessen Tod auf den anderen Gesellschafter über. Jetzt verstehe ich auch Ihr Zögern bei der Frage nach den Eigentumsverhältnissen der GmbH. Nach Holtkamps Tod sind Sie um eine halbe Million Euro reicher. Manche Menschen haben schon für weniger Geld gemordet.«

»Ich verbitte mir solche Unterstellungen«, giftete Olschewski. »Mit Holtkamps Tod habe ich nichts zu tun.«

»Wo waren Sie denn in der Mordnacht?« Hansen stellte den Bilderrahmen auf die Kommode zurück.

»In meinem Bett. Nachts pflege ich zu schlafen.«

»Kann das jemand bezeugen?«

Die Maklerin schüttelte stumm den Kopf. »Wenn ich jetzt nicht verhaftet bin, würde ich gerne zu meinem nächsten Kundentermin gehen. Ich bin schon spät dran.«

Die Polizisten wechselten einen kurzen Blick miteinander. Dann nickte Hansen. »Den Gesellschaftsvertrag und die Bauunterlagen nehmen wir mit. Halten Sie sich zu unserer weiteren Verfügung.«

»Selbstverständlich. Von dem Bauprojekt soll die Öffentlichkeit aber erst nach der Genehmigung erfahren. Sie verstehen sicherlich, dass die Angelegenheit …«

»… viele Borkumer vor den Kopf stoßen wird. Damit werden Sie sich auf der Insel keine Freunde machen. Wir finden alleine raus.« Der Hauptkommissar griff nach dem Ordner und die Polizisten verließen das Haus.

Jan, der den Gesellschaftsvertrag noch in der Hand hatte, atmete tief ein und stieß die Luft dann hörbar aus.

»Mit dem Dünenresort haben wir ein weiteres Mordmotiv. Jemand könnte von dem Projekt erfahren und Holtkamp umgebracht haben, um den Bau zu stoppen.«

»Dann hätte der Täter Olschewski auch töten müssen.« Hansen klemmte den Ordner auf den Gepäckträger.

»Vielleicht wartet der Unbekannte nur auf die passende Gelegenheit.« Jan schwang sich in den Sattel seines Drahtesels.

»Wäre möglich. Denkbar ist aber auch, dass die Notarin Holtkamp ermordet hat, um das Projekt alleine umzusetzen. Neben der halben Million Euro wird sie nach der Fertigstellung sicherlich viel Geld damit verdienen.«

»Warum hat sie dann kein Alibi?«

»Wie meinst du das denn?« Hansen trat in die Pedale.

»Eine Frau wie sie würde einen Mord sicherlich bis ins kleinste Detail durchplanen und sich für die Tatzeit ein wasserdichtes Alibi besorgen.«

»Da ist was dran. Trotzdem werden wir sie genau unter die Lupe nehmen. Kannst du ihre finanzielle Situation prüfen?«

»Kein Problem.«

Die Ordnungshüter kehrten zur Polizeistation zurück.

Amtsstube

Borkum, Juli

Bis zum frühen Nachmittag zogen die Polizisten Informationen zu Melanie Olschewski ein. Während Jan im Internet surfte, ging Hansen den Ordner der Notarin auf der Suche nach Hinweisen auf Straftaten durch – allerdings ohne etwas zu entdecken. Ein Telefonat mit dem beauftragten Architekten brachte auch keine neuen Ergebnisse.

»Ich gehe zur Friesenbank. Dort werde ich hoffentlich mehr über die finanzielle Situation der Maklerin erfahren.« Jan stand auf.

»Woher weißt du denn, dass Olschewski bei diesem Kreditinstitut ist?«

»Auf ihren Schreiben ist die Kontoverbindung aufgedruckt. Sieh dir mal die unteren Zeilen an.«

Der Hauptkommissar suchte im Ordner nach einem Brief und nickte wenig später anerkennend. »Schiet ok, das ist mir tatsächlich entgangen. Aber wie willst du denn trotz des Bankgeheimnisses Auskünfte von der Friesenbank bekommen?«

»Wir haben einen konkreten Anfangsverdacht auf eine Straftat«, antwortete Jan lapidar und ging zur Tür.

»Die Antwort hätte auch von mir sein können. Aus dir kann doch noch was werden«, zeigte sich Hansen beeindruckt.

»War das etwa ein Kompliment?« Der junge Polizist hielt mitten in der Bewegung inne und drehte sich zu seinem Vorgesetzten um.

»Nee, sondern nur ein sentimentaler Anfall. Keine Sorge, der ist schon wieder vorbei. Jetzt mach dich endlich vom Acker. Wir haben genug zu tun.«

Jan verließ die Polizeistation. Hansen lehnte sich in seinem Stuhl zurück und klippte die Daumen hinter die Hosenträger.

Die Notarin war in den Fall verwickelt, dessen war er sicher. Die Frage war nur, ob als Täterin oder Opfer.

Da er ihren Papieren keine weiteren Informationen entnehmen konnte, würde er Mönkeberg einen Besuch abstatten. Wenn bei der Baugenehmigung gemauschelt wurde, konnte ihm der Beamte sicherlich weitere Auskünfte geben.

Der Hauptkommissar ließ die Hosenträger flippen, stand auf und machte sich auf den Weg zum nahegelegenen Rathaus.

Die Straßen des Inselzentrums waren an diesem Sommernachmittag voller Menschen, die durch die Geschäfte bummelten, einen Kaffee genossen oder sich ein Eis schmecken ließen. Viele von ihnen musterten ihn in seinem Friesennerz mit amüsierten Blicken. Hansen störte das nicht, schließlich konnten die Touristen nicht wissen, dass man auf Borkum mit diesem Kleidungsstück passend angezogen war – bei jedem Wetter und zu jeder Jahreszeit.

Im Rathaus schlug ihm abgestandene Luft entgegen.

Der Hauptkommissar schlurfte durch die nach Bohnerwachs riechenden Flure zum Bauamt. Dort orientierte er sich an den Schildern und öffnete die Tür, neben der *Mönkeberg* stand.

»Moin Jonas.« Er drückte die Tür so fest hinter sich zu, dass sie mit einem Knall ins Schloss fiel.

»Was willst du denn hier?« Der Kopf des Beamten tauchte hinter Aktenordnern, die er wie eine Mauer auf dem Schreibtisch gestapelt hatte, auf.

»Ich möchte mit dir über das Dünenresort reden.«

Hansen zog einen der beiden verschrammten Plastikstühle, die vor dem Schreibtisch standen, heran und setzte sich ungebeten.

»Da gibt es nicht viel zu sagen. Das Projekt ist noch in der Planungsphase und wird vorbehaltlich einer behördlichen Prüfung …«

»Sabbel nicht so ein Beamtendeutsch, das ist grauenvoll«, unterbrach ihn der Hauptkommissar. »Olschewski und du, ihr steckt doch unter einer Decke. Wenn die Insulaner vom Dünenresort erfahren, werden sie mit allen Mitteln gegen das Projekt ankämpfen.«

»Deshalb brauchen wir auch absolute Rechtssicherheit.« Mönkeberg faltete die Hände, als wollte er beten.

»Warum machst du mit Olschewski gemeinsame Sache? Das Projekt wird die wundervolle Natur des Ostlandes zerstören.«

»Ich mache mit ihr keinesfalls gemeinsame Sache, sondern erledige lediglich die mir übertragenen Aufgaben im Rahmen einer verantwortungsvollen Berufsausübung.«

»Das hast du aber schön gesagt.« Hansen klatschte in die Hände. »Wie viel hat sie dir bezahlt?«

Die Worte wirkten wie Boxhiebe. Der Beamte duckte sich hinter seine Akten, als wäre er von unsichtbaren Schwingern getroffen worden. Nach einem Moment wagte er sich wieder aus der Deckung.

»Wenn du mir damit unterstellen willst, dass ich …«

»Wie viel?« Der Hauptkommissar rieb Zeigefinger und Daumen der rechten Hand aneinander.

»Ich verbitte mir eine solche Unterstellung. Schmiergeld werde ich niemals annehmen.«

»Hat sie dir eine Beteiligung an dem Projekt angeboten?«

»Ich bin nicht bestechlich, wie oft soll ich dir das denn noch sagen?« Mönkeberg schlug mit der Faust auf den Tisch. »Warum warst du vorhin bei Olschewski?«

»Wie gesagt, wir haben über das Genehmigungsverfahren …«

»Tünkram. Wo warst du eigentlich in der Tatnacht?«

»Verdächtigst du mich ernsthaft des Mordes?« Mönkeberg wurde kreidebleich.

»Das war keine Antwort auf meine Frage.«
»Im Bett.«
»Kann das deine Frau bezeugen?«
»Jo.« Mönkeberg nickte.
»Schiet ok, du verheimlichst mir etwas und ich werde herausfinden, was es ist. Verlass dich darauf!«
Hansen drehte sich um und stampfte zur Tür, die Hände zu Fäusten geballt. Nach dem dämmrigen Licht im Rathaus, das die Dunkelheit der Bürokratie nie vollständig zu erhellen schien, stach die Sonne in seinen Augen und er blinzelte.
Nachdem sich der Hauptkommissar an die Helligkeit gewöhnt hatte, wollte er zunächst in die Polizeistation zurückkehren, entschied sich dann aber dagegen. Er würde Karin Mönkeberg zunächst einen Überraschungsbesuch abstatten.
Hansen eilte, so schnell es in seinen Clogs möglich war, zum Eisladen *Küstenfrost*, den Karin Mönkeberg vor zwei Jahren von ihren Eltern übernommen hatte.
Vor dem Verkaufsfenster hatte sich eine lange Schlange gebildet. Geduldig warteten die Urlauber auf Spezialitäten wie Sanddorneis oder Mönkebergs Eigenkreation *Möwenschiss*, über deren Zutaten, die eines der am besten gehüteten Geheimnisse der Insel waren, seit Jahren spekuliert wurde.
Hinter dem Verkaufstresen stand eine rundliche Frau mit kurzen blonden Haaren. Routiniert füllte sie Waffeln mit Eiskugeln, gab Sahne über einen Schlemmerbecher oder verzierte die kühlen Naschereien mit Schokosauce und bunten Toppings.
Mönkeberg war so in ihre Arbeit vertieft, dass sie den Hauptkommissar erst bemerkte, als er direkt vor ihr stand.
»Ragnar, willst du wieder einen Rumbecher wie bei deinem letzten Besuch? Du bekommst wie immer eine Extraportion meines besten Rums.« Ihr Lächeln zauberte wundervolle Grübchen in ihr rundliches Gesicht.
»Heute nicht. Können wir kurz reden?«

»Was ist denn los?« Das Lächeln verschwand so schnell, als hätte sich eine Wolke vor die Sonne geschoben. »Ist etwas mit Jonas? Steckt er in … Schwierigkeiten?« Das letzte Wort war kaum mehr als ein Flüstern.

»Wieso sollte er in Schwierigkeiten stecken?«, hakte Hansen sofort nach, bekam statt einer Antwort aber einen Stoß in den Rücken.

»Opa, mach hinne. Ich habe keinen Bock, deinetwegen ewig zu warten.«

Der Hauptkommissar drehte sich um. Hinter ihm stand eine Frau von etwa zwanzig Jahren. Bekleidet war sie mit einem bunt bedruckten Kleid, das ihn an einen Papagei erinnerte. Ihre rosafarbenen Fingernägel waren so lang wie Krallen.

»Wie hast du mich genannt?«

»Nerv nicht rum, du alter Sack, und mach endlich einen Abgang. In deinem Alter solltest du Zwieback mümmeln, statt Eis zu essen.« Sie lachte gekünstelt und verdrehte die Augen, deren pechschwarze Wimpern lang wie Spinnenbeine waren.

»Das ist Beleidigung eines Vollstreckungsbeamten. Dafür kann ich Sie zur Rechenschaft ziehen.«

»Vollstreckungsbeamter? Willst du mich verarschen?«

Hansen kramte seinen Dienstausweis aus der Hosentasche und hielt ihn der jungen Frau unter die Nase.

»Voll krass. Wieso trägst du keine Uniform, sondern diese Fummel aus dem Altkleidercontainer?«

Der Hauptkommissar ignorierte die letzte Frage und sagte: »Für die Anzeige wegen Beleidigung brauche ich jetzt deinen Namen und die Adresse.«

»Sorry, Alter, war nicht so gemeint.« Sie drehte sich zur Seite und wollte verschwinden, aber Hansen packte ihren Arm. »Hiergeblieben. Zukünftig solltest du deinen Mitmenschen etwas mehr Respekt entgegenbringen. Siehst du die Kleinen hinter dir?« Er deutete auf eine Gruppe von fünf

Kindern, die ihre Münzen zusammenlegten, um sich davon ein kleines Eis kaufen zu können.

»Wenn du den Jungs einen Überraschungsbecher spendierst, werde ich von einer Anzeige absehen. Es gibt doch nichts Schöneres als strahlende Kinderaugen, findest du nicht auch?«

»Die kleinen Scheißer gehen mir auf die Nerven.«

»Wie du willst. Hiermit verhafte ich dich wegen Beamtenbeleidigung und …«

»Schon gut. Die Knirpse bekommen ihr Eis.«

»Gute Entscheidung. Wenn du dich jetzt noch bei mir entschuldigst, werde ich Gnade vor Recht ergehen lassen.«

»Echt jetzt?«

»Jo.«

»Tut mir leid.«

»Geht doch.«

Wenig später fielen die Kinder mit viel Geschrei über einen riesigen Eisbecher her, den die Frau mit den Spinnenbeinwimpern bezahlt hatte.

»Können wir später reden?« Karin Mönkeberg, die den Disput mitverfolgt hatte, blickte Hansen fragend an.

»Nee, das muss sofort sein«, drängte der Hauptkommissar, weil er nicht wollte, dass sie mit ihrem Mann telefonieren konnte, um sich mit ihm abzustimmen – wenn sie es nicht längst getan hatte.

»Wie du willst. Henrike, kommst du bitte?«

Kurz darauf hatte eine Aushilfe Mönkebergs Platz eingenommen, und sie führte den Hauptkommissar in einen winzigen Raum von sechs Quadratmetern, in dem zwei Stühle und ein kleiner runder Tisch standen. Sie setzten sich.

»Was ist los?« Jede Fröhlichkeit war inzwischen aus ihrem Gesicht gewichen.

»Hat sich Jonas in den letzten Wochen … wie soll ich sagen … seltsam verhalten?«

Mönkeberg knetete die auf dem Tisch liegenden Hände. »Wie meinst du das?«

»War er öfter unterwegs? Hat er teure Geschenke bekommen, eine berufliche Weiterbildung gemacht oder mit Freunden einen Wochenendausflug unternommen?«

»Nee, er war meistens daheim. Du fragst doch nicht ohne Grund. Was ist los?«

»Hat er dich vorhin angerufen?« Hansen deutete auf das Smartphone, das Mönkeberg vor sich auf den Tisch gelegt hatte.

»Ja, aber ich bin nicht rangegangen, weil ich alle Hände voll zu tun hatte. Jonas wird mir auf die Mailbox gesprochen haben.« Sie griff nach dem Gerät.

»Kann ich mithören?«

»Brauchst du dazu nicht irgendeine schriftliche Erlaubnis?«

»Nicht unbedingt. Bei Gefahr im Verzug …«

»Butter bei die Fische, was ist hier los?«

Der Hauptkommissar überlegte einen Moment und fragte dann: »Sagt dir das Dünenresort etwas?«

Zu seiner Verwunderung nickte sie. »Das ist ein neues Projekt, das von Holtkamp und Olschewski initiiert wurde. Jonas will den Bau mit allen Mitteln verhindern. Meines Wissens hat er dazu auch schon Informationen an die Windlooper durchsickern lassen. Das macht er manchmal, obwohl es ihn den Job kosten kann. Wenn Bauvorhaben plötzlich in der Öffentlichkeit diskutiert werden und den Entscheidungsträgern eine Wutwelle entgegenschwappt, verschwinden viele Projekte wieder in der Schublade. Erinnerst du dich noch an den Hafenneubau? Wenn Jonas damals keine Informationen an die Windlooper herausgegeben hätte, wäre das Monstrum aus Stahl und Beton sicherlich gebaut worden.«

»Dein Mann ist ein heimlicher Umweltaktivist? Den Eindruck hatte ich bisher nicht.«

Mönkeberg seufzte vernehmlich. »Er versteckt sich gern hinter der Fassade des biederen Beamten. Beim Dünenresort hatte Holtkamp meinem Mann für eine positive Stellungnahme zunächst Geld geboten. Als er das Angebot abgelehnt hat, erschien Olschewski auf der Bildfläche und hat ihn unter Druck gesetzt.«

»Was hat sie denn gegen ihn in der Hand?«

»Eine Aufnahme, in der er Holtkamp mit dem Tod droht. Sie wollte die Audiodatei veröffentlichen, wenn er den Ausschuss nicht von der Baumaßnahme überzeugt. Jonas hat den Makler nicht umgebracht, das musst du mir glauben.«

»Wer hat die Aufnahme denn gemacht?«

»Holtkamp selbst. Du weißt, dass Jonas manchmal ein Bullerballer ist. Er hat sich von dem Makler provozieren lassen. Natürlich hat er seine Drohung nicht ernst gemeint, aber das würde ein Richter möglicherweise anders sehen.«

»Warum hat er mir das nicht gesagt?«

»Weil er Angst hat, wegen des Mordes inhaftiert zu werden.«

»Wo war er denn in der Tatnacht?«

»In unserem Bett. Er hat neben mir gelegen und geschnarcht wie ein besoffener Matrose, wenn du es genau wissen willst. Ich habe wegen des Krachs kein Auge zugetan und bin mitten in der Nacht ins Wohnzimmer und habe dort auf dem Sofa gepennt. Meines Erachtens hat die Notarin Holtkamp auf dem Gewissen. Jonas hat von einem Gesellschaftsvertrag erzählt, nach dem ihr nun alle Anteile gehören. Olschewski ist eine eiskalte Geschäftsfrau, die für ihren Profit auch über Leichen gehen würde.«

»Dann werde ich mir Olschewski noch einmal vornehmen.« Hansen stand auf. In der Tür drehte er sich um.

»Ich werde den wahren Mörder schon finden.«

»Das hast du bisher immer getan.« Mönkeberg winkte ihm zum Abschied zu. Dann stand auch sie auf und machte sich wieder an die Arbeit.

Friesenbank

Borkum, Juli

»Warum hat das denn so lange gedauert?«, fragte Hansen, als sein junger Kollege eine Stunde nach ihm in die Polizeistation zurückkehrte.

»Nach meinem Besuch bei der Friesenbank war ich noch kurz in der Buchhandlung und habe mit Heike gesprochen.«

»Du sollst deine Freundin nach Feierabend treffen und nicht während der Arbeitszeit.«

»Welchen Feierabend meinst du? Seit dem Mord arbeiten wir rund um die Uhr. Heike schreibt übrigens mit einer Literaturstudentin an einem Buch über den Borkumer Feuerteufel.«

»Na toll. Dann wird sie uns mit ihrer Fragerei wieder auf die Nerven gehen. Hast du mit ihr über den Stand der Ermittlungen gesprochen?«

»Natürlich nicht. Was denkst du von mir?«

»Dass dein Verstand in deiner Hormonflut gelegentlich Schiffbruch erleidet. Wenn es um Heike geht, handelst du oft nicht rational.«

»Das mag sein, dennoch würde ich ihr niemals etwas über unsere Arbeit erzählen.«

»Darf ich dich daran erinnern, dass …«

»… ich in der Vergangenheit Fehler gemacht habe, das ist mir klar und kommt nicht wieder vor. Willst du auch ein Fischbrötchen?«, lenkte Jan vom Thema ab und stellte die Tüte auf den Schreibtisch seines Vorgesetzten.

»Gerne.« Hansen nahm sich ein Matjesbrötchen heraus.

»Was hast du denn in der Bank erfahren?« Der Hauptkommissar zog einen Zwiebelring aus dem Brötchen und steckte ihn sich in den Mund.

»Olschewski lebt seit zwei Jahren über ihre Verhältnisse. Es ist nur eine Frage der Zeit, bis ihr die Friesenbank den Geldhahn zudreht. Für die 500.000 Euro, die sie in die Strandperle GmbH eingelegt hat, musste sie ein Darlehen aufnehmen, das die Bank an ihrer Borkumer Villa abgesichert hat. Wenn sie das Geld nicht zurückzahlt, wird sie das Haus verlieren.«

»Demnach kommt ihr Holtkamps Tod sehr entgegen.« Hansen biss in sein Brötchen und erzählte seinem Kollegen dann von dem Gespräch mit Karin Mönkeberg.

»Wenn Olschewski bei dem Genehmigungsverfahren Druck auf die Verantwortlichen ausübt, sollten wir uns auf sie fokussieren.« Jan kaute mit vollen Backen und schluckte, bevor er fortfuhr: »Sie könnte Holtkamp umgebracht und die Beweise in Wilkens Schuppen deponiert haben. Als Notarin dürfte sie von seinem finanziellen Engpass gewusst haben. Das Auto könnte sie nach dem Mord angesteckt haben, um eine Verbindung zu dem Feuerteufel herzustellen – wer auch immer das sein mag.«

»Wäre möglich. Vielleicht waren die vorherigen Brände nur ein Ablenkungsmanöver«, wandte der Hauptkommissar ein.

»Du meinst, dass sie ihr eigenes Auto angezündet hat, um uns damit auf eine falsche Fährte zu locken?«

»Wäre denkbar. Da Olschewski sich öffentlich stets für mehr und bessere Straßen auf Borkum eingesetzt hat, würde sie niemand als Täterin vermuten, vor allem nicht bei ihrem eigenen Luxusschlitten.« Hansen fischte einen weiteren Zwiebelring aus dem Brötchen.

»Das ist etwas weit hergeholt, findest du nicht auch?« Jan runzelte die Stirn.

»Nicht unbedingt, denn sie könnte den Mord von langer Hand geplant haben. Wann wurde der Gesellschaftsvertrag der Strandperle GmbH unterzeichnet?«

»Keine Ahnung.« Jan griff nach dem Dokument, das auf Hansens Schreibtisch lag. Wenige Augenblicke später nickte er grimmig. »Der Vertrag wurde vor neun Wochen unterschrieben. Kurz danach begann die Brandserie. Demnach könntest du mit der Annahme eines Ablenkungsmanövers richtigliegen.«

»Ich habe immer recht. Deshalb bin ich auch der Boss und du nur …«

»… der Hilfssheriff?«

»Ich hätte es etwas anders ausgedrückt, aber darauf läuft es hinaus.« Hansen grinste und stopfte sich den Rest seines Fischbrötchens in den Mund.

Freundinnen

Borkum, Juli

»Hat Jan dir etwas von den Ermittlungen erzählt?«, wollte Leonie Kornbrecher von der Buchhändlerin wissen, nachdem der Polizist den Laden verlassen hatte.

»Nee, er hat nur von neuen Spuren gesprochen, denen sie nachgehen wollen.« Heike Gessner räumte eine Kiste ihrer Bücher aus, die ein Lieferant gestern gebracht hatte.

Obwohl Leonie inzwischen täglich im *Borkumer Bookje* aushalf, gab es immer etwas zu tun. Die ersten Kunden standen meistens schon vor Öffnung der Buchhandlung vor der Tür und abends mussten die letzten Leseratten mit höflichen, aber bestimmten Worten zum Verlassen aufgefordert werden.

»Es muss ein tolles Gefühl sein, seine eigenen Bücher in der Hand zu halten.« Die Literaturstudentin öffnete eine weitere Kiste und reichte Heike einen Stapel Bücher an, die diese auf einem Tisch im Eingangsbereich platzierte.

»Das ist richtig«, stimmte sie zu. »Bald schon wird unser Gemeinschaftswerk hier liegen. Wenn wir in diesem Tempo weiterarbeiten, sind wir in wenigen Wochen fertig.«

Obwohl Leonie erst vor einigen Tagen in ihr Leben getreten war, kam es Heike vor, als würden sie sich schon ewig kennen. In der Literaturstudentin hatte sie eine Seelenverwandte gefunden, die sie nicht mehr missen wollte. So schön das Leben auf Borkum auch war – mit einer echten Freundin war die Insel noch viel besser.

Heike graute schon vor dem Tag, an dem Leonie Borkum verließ, um ihr Studium wieder aufzunehmen.

»Können Sie mir das Buch signieren?« Ein etwa dreißigjähriger Mann, der ein weißes Baumwollhemd zu einer

Leinenhose trug, deutete auf eines der Bücher, die er sich vom Stapel genommen hatte.

»Gerne. Was soll ich denn reinschreiben?« Heike ging zum Kassenbereich, in dem auch die Stifte lagen.

»Was immer Sie wollen.«

Er nahm die Sonnenbrille ab und zwinkerte ihr lässig zu.

»Kein Problem.« Die Buchhändlerin griff nach einem Fineliner, schrieb *Mörderische Grüße von Borkum* auf das Vorsatzblatt und kritzelte ihren Namen darunter.

»Das ist nett von Ihnen. Dürfte ich Sie als Dank heute Abend zu einem Glas Wein einladen? In meiner Wohnung können wir uns ungestört über Literatur und andere interessante Themen unterhalten.« Er nahm das Buch, das Heike ihm anreichte, an sich.

»Leider passt es heute nicht.«

»Wie wäre es mit morgen?« Er beugte sich über den Kassentresen und hüllte die Buchhändlerin in eine Wolke seines süßlich riechenden Rasierwassers ein. Diese trat einen Schritt zurück.

»Nein danke. Mein Freund …«

»… hat sicher nichts dagegen.« Der Kunde lehnte sich noch weiter vor. »Ich könnte Sie groß rausbringen.«

»Wie gesagt, ich bin nicht interessiert.«

»Eine so schöne Frau wie Sie sollte nicht auf einem Sandhaufen wie Borkum leben. Sie gehören ins Fernsehen und sollten in den Metropolen der Welt wohnen. Ich besitze Immobilien in verschiedenen Ländern und …«

»Gröölbüdels werden auf der Insel nicht geduldet.«

Der Sonnyboy strich sich die halblangen blonden Haare aus der Stirn und wandte sich Leonie zu, die neben ihn getreten war und ihn unterbrochen hatte.

»In welchem Ton reden Sie eigentlich mit mir? Ist Ihnen klar, mit wem Sie es zu tun haben?«

»Nein, und das ist mir auch vollkommen egal.«

Der Blondschopf seufzte theatralisch und blickte wieder zu Heike. »Das Personal wird immer unverschämter, finden Sie nicht auch? An Ihrer Stelle würde ich diese Angestellte umgehend feuern und mich nach einer neuen Mitarbeiterin umsehen. Dabei kann ich Ihnen gerne behilflich sein.«

»Sie ist keine Angestellte, sondern eine Freundin.«

»Freundin?« Er verzog das Gesicht, als hätte er in eine Zitrone gebissen. »Wenn Sie sich weiterhin mit solchen Menschen umgeben, werden Sie immer nur eine Provinzautorin bleiben.«

Nach diesen Worten drehte er sich abrupt um und marschierte aus der Buchhandlung. Zumindest hatte er das vor, aber Leonie stellte sich ihm in den Weg.

»Sie müssen das Buch noch bezahlen.«

»So eine Schundlektüre will ich keinesfalls lesen.« Er drückte ihr das signierte Buch in die Hand und stampfte aus dem Laden.

Eine ältere Dame, die den Diskurs mitbekommen hatte, klatschte Beifall. »So einen Angeber sollte man bei Ebbe auf der Seehundsbank einbuddeln.«

»Dann würde ich aber Ärger mit der Polizei bekommen«, mutmaßte Leonie.

»Wegen Mordes?«, hakte die betagte Frau nach.

»Nee, wegen unerlaubten Betretens eines Naturschutzgebietes.« Die Literaturstudentin lachte.

»Geben Sie mir das Buch. Ich freue mich über eine Widmung.« Leonie reichte ihr den Roman, den die Kundin bezahlte. Nachdem die Frau die Buchhandlung verlassen hatte, trat Leonie zu Heike hinter den Kassentresen.

»Bin ich das wirklich für dich?«

»Was meinst du?«

»Eine Freundin. Wir kennen uns doch kaum.«

»Manche Menschen hinterlassen schon nach der ersten Begegnung Spuren in den Herzen.«

»Kitschalarm.« Leonie grinste wie ein Honigkuchenpferd.

»Na und?« Heike zuckte mit den Schultern. »Kitschig ist das Bild eines Sonnenuntergangs auch, trotzdem ist er immer wieder wunderschön.«

»Da ist was dran.« Die Literaturstudentin schüttelte den Kopf. »Wenn mir jemand vor meinem Urlaubssemester gesagt hätte, dass ich mit Heike Gessner ein Buch schreiben und mich mit ihr anfreunden werde, hätte ich kein Wort davon geglaubt. Arbeiten wir heute Abend am nächsten Kapitel?«

»Selbstverständlich. Wahrscheinlich lösen wir den Fall in unserem Buch schneller als die Polizei.«

»Wir haben es auch einfacher. Schließlich können wir Spuren erfinden und fiktive Beweise an Tatorten hinterlegen.«

»Das meine ich nicht. Inzwischen will ich den Mörder auch in der Realität ermitteln. Wir hatten doch schon darüber gesprochen, dass Holtkamp in schmutzige Geschäfte verwickelt sein könnte. Vielleicht hat er tatsächlich auf Borkum ein Projekt geplant, das jemand unbedingt verhindern will.«

»Wie willst du denn davon erfahren?«

»Von den Windloopern.« Heike deutete auf einen Stapel Prospekte, die neben der Kasse in einer Box aus Plexiglas auslagen.

»Sind das nicht die Umweltschützer, die für ein autofreies Borkum plädieren?« Leonie griff nach einem der Prospekte und blätterte darin.

»Nicht nur dafür, denn sie setzen sich auch bei anderen Themen für eine umweltgerechte Insel ein. Bis zu dem Mord hatte ich sogar gedacht, dass die Jungs hinter dem geheimnisvollen Feuerteufel stecken, aber die würden niemals einen Menschen töten.«

»Vielleicht war Holtkamp nur ein Zufallsopfer?«, schlug Leonie eine Lösung vor.

»Wie groß ist die Wahrscheinlichkeit, dass ein gefesselter Mann im Kofferraum eines Wagens liegt, den du in Brand stecken möchtest? Zudem haben alle abgefackelten Autos vorher auf öffentlichen Parkplätzen gestanden. Ich gehe davon aus, dass der Mörder das Fahrzeug angesteckt hat, um seine Spuren zu verwischen und die Tat dem Feuerteufel in die Schuhe zu schieben.«

»Bist du sicher, dass die Windlooper keine Verbrecher sind? Dieses Bild finde ich ziemlich radikal.« Leonie deutete auf den Innenteil des Prospekts, in dem ein Foto der Aktivisten zu sehen war, auf dem sie zerstörte Spielzeugautos in ihren Händen hielten.

»Bei dem Thema *autofreies Borkum* gibt es auch keine Kompromisse«, stellte Heike klar. »Was hältst du davon, wenn wir vor dem heutigen Schreiben bei den Windloopern vorbeischauen?«

»Ich weiß nicht. Die Aktivisten sehen irgendwie … gefährlich aus.«

»Ach was, die sind harmlos. Sie wollen die Insel verändern und keine Menschen töten.«

»Bist du sicher?«

Heike ließ sich mit der Antwort etwas Zeit. Dann nickte sie.

Mordverdächtige

Borkum, Juli

»Wir sehen uns morgen. Ich muss unbedingt wieder ein paar Stunden schlafen.« Jan verabschiedete sich am späten Abend von seinem Vorgesetzten und verließ die Polizeistation.

Hansen füllte seinen Becher mit lauwarmem Kaffee, der schon einige Stunden auf der Platte gestanden hatte, und setzte sich damit an seinen Platz.

Vor ihm lag die Ermittlungsakte im Mordfall Holtkamp. Gedankenverloren blätterte er in den Computerausdrucken, Gesprächsprotokollen und Gutachten, die er gewissenhaft abgeheftet hatte, denn der Hauptkommissar traute den elektronischen Akten nicht. Im Gegensatz zu den gescannten Daten und heruntergeladenen Dateien konnte Papier nicht einfach im digitalen Nirwana verschwinden.

Dass Jan ihn wegen seiner altmodischen Aktenführung einen *technischen Neandertaler* nannte, störte Hansen nicht sonderlich. Früher war zwar nicht alles besser, vieles aber auch nicht schlechter gewesen.

Zudem konnte man in den Unterlagen blättern, die Papiere mit farbigen Anmerkungen versehen, darin herumkritzeln und sie nebeneinander auf dem Schreibtisch ausbreiten.

Hansen nahm Zettel und Stift und schrieb *Windlooper* auf.

Da die Umweltschützer in der Tatnacht nicht auf Borkum gewesen waren, konnten sie den Mord an Holtkamp nicht verübt haben. Das Alibi hatte er inzwischen überprüft. Neben Zeugenaussagen, die die Anwesenheit der gesamten Gruppe bestätigten, hatte Jan im Internet Fotos und Videoausschnitte gefunden, auf denen die Aktivisten zur fraglichen Zeit zu sehen waren. Da Hansen nicht wusste, wie weit die Mitglieder in ihrem Kampf für ein autofreies Borkum gehen würden, kamen sie allerdings noch immer als Feuerteufel infrage.

Unter den *Windloopern* notierte er sich *Siebert Wilken.*

Auch wenn der Makler den Mord vehement abstritt, sprachen alle Beweise gegen ihn. Dass der tödliche Schlag dem pathologischen Bericht nach von unten nach oben ausgeführt worden war, konnte als weiteres Indiz seiner Täterschaft gewertet werden – schließlich war Wilken einen Kopf kleiner als sein Konkurrent. Aber würde er so dämlich sein, eine blutbefleckte Mordwaffe in seinem Schuppen zu verstecken?

Unwahrscheinlich, aber durchaus möglich, denn Wilken konnte nach dem Mord so durch den Wind gewesen sein, dass er nicht mehr klar denken konnte und panisch reagiert hatte.

Hansen machte ein Fragezeichen hinter den Namen und schrieb *Jennifer Holtkamp* in die nächste Zeile. Die Witwe hatte ein wasserdichtes Alibi, aber die ungewöhnlich hohe Sterberate ihrer vermögenden Ehemänner gab dem Hauptkommissar zu denken. Er kritzelte *Komplize* hinter den Namen und versah ihn ebenfalls mit einem Fragezeichen.

Melanie Olschewski war sein nächster Eintrag.

Auch sie profitierte von Holtkamps Tod und hatte Mönkeberg allem Anschein nach unter Druck gesetzt. Hoffentlich hatte sie nicht die Flucht ergriffen, denn an diesem Nachmittag war er bereits zwei Mal bei ihrer Villa gewesen, aber niemand hatte ihm die Tür geöffnet. Seine Telefonate waren ebenfalls nicht entgegengenommen worden.

Die Kollegen vom Festland hatten Olschewski auch nicht in ihrem Emder Büro und der dortigen Wohnung angetroffen. Wenn die Notarin nicht bald wieder auftauchte, würde er sie zur Fahndung ausschreiben lassen. Dass sie für die Tatzeit kein Alibi hatte, machte sie eher unverdächtig, auch wenn dieser Denkansatz zunächst seltsam anmutete, aber eine so erfolgreiche Frau wie die Notarin würde nichts dem Zufall überlassen – vor allem nicht ihre Freiheit.

Aus diesem Grund teilte er Jans Einschätzung, nach der sich Olschewski bei einem Mord sicherlich um ein Alibi gekümmert hätte. Trotz allem konnte sie einen Fehler gemacht haben.

Möglicherweise hatte sie ihren Geschäftspartner im Affekt getötet und die Tat dann mit dem Abbrennen des Autos vertuschen wollen.

Denkbar war auch, dass ihr Alibi nach der Tat nicht mehr aufrechterhalten werden konnte – aus welchen Gründen auch immer. Da sie ebenfalls kleiner war als Holtkamp, könnte der Schlag auch von ihr ausgeführt worden sein.

Hansen machte ein weiteres Fragezeichen hinter dem Namen, überlegte einen Moment und schrieb dann *Jonas Mönkeberg* unter die anderen Zeilen. Wenn seine Frau ihm ein falsches Alibi gegeben hatte, kam auch er als Mörder in Betracht – schließlich könnte er von Holtkamp die Herausgabe der Audiodatei verlangt haben. Als dieser ablehnte, konnten ihm die Sicherungen durchgebrannt sein und er hatte den Makler erschlagen. Dass er etwas größer als sein Gegner gewesen war, musste nichts bedeuten, da Mönkeberg beim tödlichen Schlag in die Knie gegangen sein konnte, um mehr Schwung zu holen. Hansen notierte *Erpressung* und *Datei* hinter dem Namen und versah auch diesen mit einem Fragezeichen.

Mürrisch starrte er auf den Zettel, auf dem sich eindeutig zu viele Fragezeichen und zu wenig Antworten befanden.

Bei vielen Fällen hatte er bei den Ermittlungen keinen einzigen potenziellen Tatverdächtigen, und hier gaben sich mögliche Mörder – und Personen, die im Hintergrund an den Strippen gezogen haben konnten – die Klinke in die Hand.

Hansen lehnte sich in seinem Stuhl zurück, schob die Finger unter die Hosenträger und dachte nach.

Wahrheitsfindung

Borkum, Juli

»Olschewski wird ihren Geschäftspartner umgebracht haben«, mutmaßte Leonie Kornbrenner und trat fest in die Pedale ihres Leihfahrrades. Mondlicht überschüttete die Insel in dieser Nacht mit silberfarbenem Licht und verwandelte die Landschaft in eine schattenhafte Silhouette. Eine leichte Brise strich über den Strandhafer.

Heike, die neben ihr auf der Straße radelte, die vom Ostland zum Inselzentrum führte, nickte.

»Das wäre denkbar. Wenn die Informationen der Windlooper stimmen, wird sie das Dünenresort unter allen Umständen bauen wollen. Dabei kann ich mir keinesfalls vorstellen, dass sie dafür eine Genehmigung bekommen wird.«

»Sie könnte die Entscheidungsträger geschmiert oder erpresst haben. Nach dem Aufhängen der Plakate müssen wir sofort mit dem Schreiben beginnen.«

»Jetzt noch? Es ist fast Mitternacht. Wenn du Hanno Ekhoff nicht so angehimmelt hättest, wären wir dort schon vor zwei Stunden abgehauen.« Heike wich einem Kaninchen aus, das furchtlos vor ihnen über die Straße hoppelte.

»Der Kerl ist ein echter Hingucker, meinst du nicht auch? Wenn ich auf Borkum leben würde, könnte ich mich glatt in den Typen verknallen.«

»Warum machst du es nicht einfach?« Die Frage war Heike rausgerutscht, ohne dass sie darüber nachgedacht hatte.

»Was meinst du? Mich in Hanno verlieben?«

»Auf Borkum leben.«

»Was ist mit meinem Studium?«

»Kannst du keine Onlinekurse belegen?«

»Keine Ahnung. Selbst wenn das klappen würde, könnte ich mir ein Leben auf Borkum keinesfalls leisten. Wie ich dir schon erzählt habe, haben mir meine Eltern bei ihrem Tod kaum etwas hinterlassen. Ohne Nebenjobs kann ich nicht einmal die Miete zahlen.«

»Du könntest auf Borkum arbeiten. Die Gastronomien suchen händeringend nach Personal.«

»Bei den Mietpreisen kann ich mir ein Leben auf der Insel trotzdem nicht leisten. Für die Ferienwohnung habe ich meine letzten Ersparnisse zusammengekratzt.«

»Du könntest bei mir wohnen.«

Leonie bremste ihr Fahrrad so abrupt ab, dass Heike, die etwas hinter ihr fuhr, beinahe in sie hineingefahren wäre und ihren Drahtesel nur wenige Zentimeter hinter dem Rad ihrer neuen Freundin zum Stehen brachte.

»Puh, das war knapp. Warum hältst du mitten auf der Straße an?«

»Hast du das ernst gemeint?« Leonie ging nicht auf die Frage ein, sondern blickte Heike, die im silbernen Licht wie ein Scherenschnitt wirkte, mit großen Augen an.

»Schätze schon.« Heike strich sich eine Locke aus der Stirn. »Das war eine spontane Einladung. Ich würde sie annehmen, bevor ich es mir anders überlege.«

»Was sagt denn dein Freund dazu?«

»Woher soll ich das wissen? Wenn wir allein sein wollen, können wir uns immer noch in seine Wohnung zurückziehen.«

»Super! Dann habe ich sturmfreie Bude und kann es mir mit Hanno in deinem Haus gemütlich machen. Ich möchte …«

Leonie verstummte und ließ den Blick über die wundervolle Dünenlandschaft schweifen.

»Du möchtest … *was*?«

»Ich komme mir vor wie in einem Traum. Noch vor wenigen Wochen habe ich in meiner Hamburger Studentenbude gehockt und von einem Leben als Schriftstellerin geträumt. Nun schreibe ich mit meiner Lieblingsautorin nicht nur ein Buch, sondern werde auch mit ihr in einem Haus leben. Das ist Wahnsinn!« Das letzte Wort schrie Leonie in den Nachthimmel.

»War das jetzt ein *Ja* oder ein *Nein*?«

»Na was wohl?« Die Literaturstudentin fiel Heike so ungestüm um den Hals, dass beide Frauen das Gleichgewicht verloren und – zusammen mit ihren Fahrrädern – auf die Straße purzelten.

»Sorry, da war ich wohl etwas zu impulsiv. Hast du dir wehgetan?«

»Nee, alles okay.«

Die Freundinnen rappelten sich wieder auf und radelten zum Inselzentrum. Dort klebten sie einige der Plakate, die sie von den Windloopern mitgenommen hatten, gut sichtbar an Hauswände.

»Was hältst du davon, wenn wir ein Plakat direkt an Olschewskis Eingangstür hängen?« Leonie grinste.

»Wenn sie uns dabei erwischt, können wir Ärger bekommen.«

»Jetzt sei doch nicht so eine Bangbüx. Zudem ist dein Freund ein Polizist. Der wird dich sicherlich nicht wegen Hausfriedensbruchs einbuchten.«

»Ich möchte Jan in diese Sache nicht mit reinziehen.«

»Dann dürfen wir uns eben nicht erwischen lassen.«

Leonie strich ein letztes Mal über das angeklebte Plakat am Inselbahnhof und ging dann zu ihrem Fahrrad.

»Das wird ein Riesenspaß!« Bevor Heike sie davon abhalten konnte, trat ihre neue Freundin fest in die Pedale. Sie eilte hinterher, konnte Leonie aber nicht einholen. Die Studentin hatte deutlich mehr Puste als sie. Mit klopfendem

Herzen und nach Luft japsend erreichte Heike die Villa in der Hindenburgstraße, die im Dunkeln vor ihnen lag.

»Da in keinem der Fenster Licht brennt, ist Olschewski bestimmt nicht daheim.« Leonie schnappte sich das letzte Plakat und öffnete das Türchen des hüfthohen Zauns, der das Grundstück umgab.

»Sie könnte bereits schlafen«, wandte Heike ein.

»Dann dürfen wir sie keinesfalls aufwecken.«

»Wir sollten sie nicht provozieren. Lass uns das letzte Plakat an den Musikpavillon hängen, dort wird es von den Touristen auf jeden Fall gesehen. Zudem sollten wir nicht selbst zu Kriminellen werden.«

»Wo Recht zu Unrecht wird, wird Widerstand zur Pflicht.« Leonie ballte die rechte Hand zur Faust und riss den Arm nach oben.

»Hanno hat dir mit seinen Sprüchen ganz schön den Kopf verdreht.«

»Nicht nur mit seinen Sprüchen.« Leonie zwinkerte ihr zu und schritt, das Plakat in der rechten Hand haltend, auf dem gekiesten Weg voran. Heike überlegte einen Moment, dann folgte sie ihr. Die Frauen waren noch zwei Schritte von der Eingangstür entfernt, als urplötzlich ein Licht aufflammte und sie wie Rockstars auf der Bühne in Szene setzte.

Heike drehte sich um und wollte gerade zurücklaufen, als Leonie sie am Arm festhielt. »Das ist nur ein Bewegungsmelder.«

»Dennoch kann uns jeder sehen.«

»Mach dich doch mal locker. Wir wollen schließlich nicht einbrechen, sondern nur ein Plakat aufhängen. Zudem schlafen die Leute auf Borkum um diese Zeit bereits.«

Leonie ahnte nicht, wie sehr sie sich irrte.

Olschewski

Borkum, Juli

Melanie Olschewski saß bei ausgeschaltetem Licht in ihrem Lieblingssessel und dachte nach. Durch das Panoramafenster fiel silberfarbenes Mondlicht in den Raum. Am Himmel funkelten die Sterne wie glitzernde Diamanten. Der Nachtwind ließ die Blätter der Bäume rascheln. Die meisten Menschen würden – sofern sie noch nicht in den Federn lagen und friedlich schlummerten – diese laue Sommernacht mit einem Glas Wein oder einem Cocktail genießen.

Sie hatte den Schönheiten der Natur noch nie etwas abgewinnen können. Ihrer Meinung nach hatte der Schöpfer bei der Erschaffung der Erde ordentlich geschlampt, und es war die Aufgabe bedeutender Menschen, die fehlende Perfektion durch besondere Gebäude herzustellen, die sich nicht an den Bedürfnissen widerlicher Krabbelviecher oder gefährlicher Raubtiere orientierten, sondern einzig und allein dem Wohl der Bewohner dienten. Zumindest jenen, die es sich leisten konnten.

Das Dünenresort wäre ein solcher Ort gewesen.

Wäre … gewesen.

Bei dem Gedanken verzog sie das Gesicht, als hätte sie in eine Zitrone gebissen, und blickte auf das auf ihrem Schoß liegende Tablet, auf dem der Entwurf des Dünenresorts zu sehen war.

Sie hatte Mönkeberg unterschätzt.

Dieser Korinthenkacker hatte die Pläne entweder an die selbsternannten Weltverbesserer *Windlooper* weitergegeben oder ihr streng geheimes Vorhaben selbst online gestellt. Der Architekt, der außer ihr noch davon wusste, war ein alter Freund, der auf jeden Fall die Klappe halten würde.

Da Holtkamp tot war, musste Mönkeberg – oder ein anderer Beamter aus dem Rathaus, mit dem er darüber gesprochen haben könnte – die Nachricht nach außen durchgestochen haben.

Demnach hatte Mönkeberg ihre Anweisung, mit niemandem darüber zu sprechen, bis sie ihm dazu grünes Licht gab, ignoriert. Dabei war sie sicher gewesen, den Insulaner mit der Drohung in der Hand zu haben, aber anscheinend war ihm Borkum wichtiger als seine Freiheit.

Die Audiodatei hatte Holtkamp ihr nach dem Disput zugespielt – verziert mit drei Lachsmileys und der Bemerkung: *Damit haben wir den Trottel in der Hand.*

Nach Holtkamps Tod hatte sie Mönkeberg in ihrem Arbeitszimmer die Datei vorgespielt, die mit den Worten endete: *Bevor du die Insel zerstörst, werde ich dich umbringen.*

Damals war er ihr wie ein dressiertes Hündchen vorgekommen, das nur auf ihre Befehle wartete. Dass die Polizisten ihre morgendliche Zusammenkunft gestört hatten, war ärgerlich, aber nicht existentiell gewesen.

Hatte sie zumindest gedacht.

Trotz der nächtlichen Stunden hinterließen die User in den Onlineforen bereits bitterböse Kommentare zu dem Vorhaben und versprachen, an der im Internet aufgerufenen Demonstration teilzunehmen. Olschewski packte das Gerät und warf es gegen die Wand. Beim Aufprall gab es einen beleidigten Piepton von sich und fiel dann auf den Marmorboden, wo es – mit einem Sprung quer über dem Display – liegen blieb.

Olschewski wollte gerade aufstehen und ins Bett gehen, als der Bewegungsmelder im Garten aktiviert wurde und zwei Personen im gleißenden Licht auftauchten.

Eine von ihnen war die Buchhändlerin, die mit den Windloopern gemeinsame Sache machte. Davon zeugten die Flyer, die sie in ihrem Geschäft ausgelegt hatte.

Die andere Frau kannte sie nicht.

Olschewski sprang so schnell auf, als wäre sie von einer Stahlfeder aus dem Sessel katapultiert worden, griff nach dem Schürhaken, der neben dem Kamin hing, und rannte zur Haustür. Ihre Schritte hallten durch den Flur, dann riss sie die Haustür auf. Die beiden Frauen standen direkt davor.

Die Unbekannte hielt eine Rolle Paketband in der Hand, die Buchhändlerin ein Plakat. Die ungebetenen Gäste starrten sie einen Augenblick reglos an, dann rannte die Frau mit dem Paketband los. Die andere brauchte etwas länger, um sich aus der Erstarrung zu lösen. Olschewski nutzte diesen Moment und holte mit dem Schürhaken aus. Sekunden später hallte ein Schrei durch die Nacht.

Holtkamp

Borkum, Juli

Jennifer Holtkamp wälzte sich ruhelos auf dem seidenen Laken. Seit Michaels Tod hatte sich ihre Welt immer schneller gedreht, als würde sie sich auf einem Karussell befinden. Sie musste aufpassen, dass ihr nicht schwindelig wurde und sie die Kontrolle verlor – aber das war ihr bisher noch nie passiert.

Bis zur Beerdigung würde sie auf Borkum bleiben und die trauernde Witwe spielen. Diese Rolle hatte sie nach den ersten drei Todesfällen inzwischen derart perfektioniert, dass ihr auch dieses Mal kein Fehler unterlaufen würde.

Zudem war der alte Hansen so dämlich, dass er den wahren Täter nicht einmal verhaften konnte, wenn er mit der Mordwaffe vor ihm stehen würde und seinen Namen auf die Stirn tätowiert hatte. Den jungen Polizisten musste sie hingegen im Auge haben, denn dieser schien nicht nur intelligenter zu sein als sein Kollege, sondern verfügte auch über ein Feingefühl, das vielen Männern fehlte.

Wenn Holtkamp unter der Erde und das Vermögen auf sie überschrieben war, würde Jennifer sich nach einem neuen Ehemann umsehen, den sie um sein Geld bringen konnte.

Für die Morde war jemand zuständig, der ihr sehr ans Herz gewachsen war. Zusammen bildeten sie ein unschlagbares Gespann. Selbst wenn die Ermittler bei der Anzahl ihrer verstorbenen Ehemänner aufmerksam werden würden, hatten sie außer einem vagen Verdacht nichts in der Hand, denn jeder Todesfall war minutiös geplant und ihr Alibi in allen Fällen absolut wasserdicht. Sollte die Polizei nach einem Komplizen suchen, so würden sie diesen niemals finden.

Jennifer Holtkamp schaltete die Nachttischlampe ein und setzte sich im Bett auf. Da sie ohnehin nicht schlafen konnte, würde sie im Internet schon einmal nach einem geeigneten Opfer Ausschau halten.

Sie griff nach dem dort liegenden Smartphone und loggte sich als *Madam Butterfly* – ihrer Lieblingsoper – in eine Dating-App ein. Wenige Augenblicke später betrachtete sie die Fotos von einsamen Männern, die sich nach einer Frau sehnten. Bald schon würde sie einen von ihnen glücklich machen – zumindest für eine kurze Zeit.

Ein Lächeln umspielte ihre Lippen, als sie die ersten Fotos betrachtete und sich die Lebensläufe der Kandidaten durchlas.

Mönkeberg

Borkum, Juli

»Schön, dass du auch endlich nach Hause kommst.« Karin Mönkeberg musterte ihren Ehemann, der mit nach vorne gezogenen Schultern und leicht gekrümmtem Rücken in das Wohnzimmer schlurfte. Er wirkte wie ein alter Mann, der eine unsichtbare Last zu tragen hatte, unter der er eines Tages zusammenbrechen würde.

»Ich hatte heute meine Chorprobe für den Auftritt im nächsten Monat, das habe ich dir doch gesagt. Danach habe ich mit den anderen Jungs vom Shantychor noch ein Bier getrunken.«

»Hättest du nicht direkt nach der Probe nach Hause kommen können? Wir müssen miteinander reden. Hansen war heute bei mir.«

»Was wollte der alte Gnadderkopp denn bei dir?« Jonas setzte sich neben Karin auf das Sofa.

»Informationen. Anscheinend geht der Hauptkommissar davon aus, dass du Schmiergeld angenommen hast und im Gegenzug den Bau des Dünenresorts unterstützen wirst.«

»Das hat er mir im Büro auch gesagt. Wenn er von der Audiodatei erfährt, mit der Olschewski mich erpresst, bin ich geliefert.«

»Ich habe ihm davon erzählt.«

»Du hast … *was*?« Er blickte Karin mit weit aufgerissenen Augen an.

»Keine Sorge, ich habe dir ein Alibi gegeben. Solange ich bezeuge, dass du daheim gewesen bist, kann dir nichts passieren. Zudem habe ich den Verdacht auf Olschewski gelenkt. Niemand wird jemals erfahren, dass du in der Mordnacht unterwegs gewesen bist.«

Jonas verschränkte die Finger ineinander, als wollte er beten. »Das ist gut.«

»Wusstest du, dass die Windlooper den Plan für das Dünenresort online gestellt haben und im Internet zu einer Demonstration gegen das Projekt aufrufen?«

»Jetzt schon? Ich hatte sie gebeten, damit noch ein paar Tage zu warten.« Jonas seufzte. »Nun werden meine Kollegen wissen, wer die undichte Stelle im Rathaus ist.«

»Warst du bisher allein in das Projekt involviert?«

»Jo. Martin ist krank und Tjark hat genug eigene Anträge auf dem Schreibtisch. Momentan kommen wir mit der Arbeit nicht mehr hinterher.«

»Es könnte doch jemand in deiner Abwesenheit in deinem Büro gewesen sein und die Unterlagen abfotografiert haben, oder nicht?«

»Wäre theoretisch möglich. Die Schränke sind zwar abgeschlossen, aber die alten Dinger lassen sich mit etwas Geschick auch mit geeignetem Werkzeug öffnen.«

»Sollte der Verdacht auf dich fallen, wirst du jede Zusammenarbeit mit den Windloopern leugnen. Solange man dir keine Weitergabe der Unterlagen nachweisen kann, dürfte nichts passieren.«

»Ich hätte mich niemals mit den Windloopern einlassen dürfen. Es grenzt an ein Wunder, dass mir bisher noch keiner auf die Schliche gekommen ist.«

»Du hast es für die Insel getan. Borkum ist unsere Heimat und ich möchte keinesfalls, dass dieser wundervolle Sandhaufen in der Nordsee mit weiteren Gebäuden verschandelt wird. Seit wir uns kennen, habe ich dir immer den Rücken freigehalten, und daran wird sich auch in Zukunft nichts ändern.«

»Da du alles über mich weißt, sollte ich dich niemals hintergehen.« Er lächelte gequält.

»Besser ist das.« Sie blickte ihn ernst an.

Urlaubsfoto

Borkum, Juli

Der Hauptkommissar saß am späten Abend an seinem Schreibtisch in der Polizeistation und starrte missmutig auf den Zettel, auf dem er die Verdächtigen notiert hatte. Auch dieser Tag hatte keine neuen Erkenntnisse gebracht, die ihm bei den Ermittlungen geholfen hätten. Da er aus Erfahrung wusste, dass Ehepartner einander öfter falsche Alibis gaben, würde er Mönkeberg weiter im Auge behalten.

Hansen hatte die Obduktionsberichte von Holtkamps verstorbenen Ehemännern angefordert – in der Hoffnung, eine Gemeinsamkeit zwischen den Toten herstellen zu können –, aber diese waren noch nicht eingetroffen. Die Mühlen der Bürokratie arbeiteten bekanntlich langsam.

»Sieh dir das mal an.« Jan Jepsen, der auch an diesem Abend Überstunden machte, deutete auf seinen Computermonitor.

Hansen stand auf, schlurrte um seinen Schreibtisch und blickte seinem Kollegen über die Schulter.

»Sind das etwa die Baupläne des Dünenresorts?« Der Hauptkommissar deutete auf eines der Fotos, die in einem sozialen Netzwerk hochgeladen worden waren.

»Yep. Die Windlooper rufen zu einer Demonstration gegen das geplante Immobilienprojekt auf. Lies dir mal die Kommentare durch.«

Hansen überflog die abfälligen Bemerkungen, die die User unter den Bildern hinterlassen hatten.

»Die meisten von ihnen scheinen ordentlich auf Krawall gebürstet zu sein. Wenn sich die Nachricht weiter verbreitet, werden wir bei der Demonstration alle Hände voll zu tun haben.«

»Meines Wissens ist die Veranstaltung noch nicht angemeldet«, wandte Jan ein.

»Das hat die Windlooper bisher auch nicht von ihren Kundgebungen abgehalten. Ich gehe davon aus, dass sich auch viele Insulaner an dem Marsch zum Rathaus beteiligen werden. Damit dürfte die Genehmigung für diesen Blödsinn hoffentlich vom Tisch sein.«

»In deiner Eigenschaft als Polizist …«

»… sollte ich neutral sein, ich weiß. Dennoch kann ich eine Meinung haben und diese auch kundtun. Zudem …«

Der Hauptkommissar verstummte, als das Telefon klingelte. Er beugte sich über den Schreibtisch und nahm das Gespräch entgegen.

»Polizeidienstelle Borkum. Hansen«, bellte er in den Hörer, wobei der kalte Zigarrenstumpen zwischen seinen Lippen tanzte wie ein Schiff auf hoher See.

»Hallo«, vernahm er eine Frauenstimme. »Spreche ich mit dem zuständigen Ermittler in dem Mordfall … Schatz, wie heißt der Mann noch gleich?«

Da die Frage offensichtlich nicht ihm gegolten hatte, schwieg Hansen und hörte im Hintergrund einen Mann *Holtkamp* murmeln.

»Im Mordfall Holtkamp.« Nun war die Anruferin deutlich zu verstehen.

»Jo.«

»Ich habe erst vorhin davon erfahren. Aus dem Internet«, fügte sie beinahe entschuldigend hinzu.

»Worum geht es denn?« Der Hauptkommissar konnte seine Ungeduld nur mit Mühe zügeln.

»An unserem letzten Urlaubstag habe ich von unserem Balkon aus ein Foto gemacht, auf dem das Haus dieses … wie hieß der Tote noch gleich?«

»Holtkamp«, brüllte jemand im Hintergrund.

»Richtig, Holtkamp. Jedenfalls ist darauf ein Mann zu sehen, der auf den Wagen im Carport zugeht. Da hat das Auto noch nicht gebrannt.«

»Können Sie mir das Foto zuschicken?«

»An die Mailadresse der Borkumer Polizei?«

»Jo.«

»Augenblick bitte.«

Hansen hörte, wie das Telefon zur Seite gelegt wurde, und dann das Klappern einer Tastatur. Kurz darauf war im Büro ein *Pling* zu vernehmen. Jan, der das Gespräch mitgehört hatte, reckte den Daumen nach oben und öffnete die Datei. Quälend langsam baute sich ein Foto auf.

»Klei mi ann Mors«, flüsterte Hansen, als er den Mann auf dem Bild erkannte, und wandte sich dann wieder der Anruferin zu. »Ist angekommen.«

»Wir haben Borkum am Tag nach dem Mord mit der ersten Fähre verlassen und zunächst nichts von der grauenvollen Tat mitbekommen. Wir sind aus dem Saarland und haben …«

»Alles okay«, winkte der Hauptkommissar ab. »Können Sie mir bitte Ihren vollständigen Namen und die Adresse für etwaige Rückfragen geben? Ihre Telefonnummer sehe ich auf dem Display.«

»Bekommen wir Ärger, weil wir uns erst jetzt gemeldet haben?« Die Stimme klang verunsichert.

»Wenn Sie nichts von unseren Ermittlungen wussten, kann Ihnen niemand einen Vorwurf machen.« Hansen notierte sich Name und Adresse und beendete das Telefonat.

»Dem Zeitstempel nach wurde das Foto kurz vor der Explosion gemacht.« Jan deutete auf eine Zahlenfolge im unteren Bildbereich. »Demnach ist Mönkeberg unser Mann.«

»Sieht so aus. Dann hat mich seine Frau wegen des Alibis angelogen. Los jetzt, worauf wartest du noch?«

Der junge Polizist sprang auf und wenige Augenblicke später waren die Ordnungshüter auf dem Weg zu Mönkeberg.

Mama

Borkum, Juli

Leonie sprintete los, nachdem Olschewski die Haustür geöffnet hatte. Nach wenigen Schritten bemerkte sie, dass Heike nicht hinter ihr war. Sie verlangsamte ihr Tempo und blickte über die Schulter.

Die Notarin hatte einen Schürhaken in der Hand und drohte, mit diesem auf ihre Freundin, die wie angewurzelt vor der Tür stehen geblieben war, einzuschlagen.

Leonie blieb stehen und ließ das Plakat fallen. Dann drehte sie sich um und rannte zur Tür. Gerade noch rechtzeitig, denn nun hob Olschewski die Hand, um mit der provisorischen Waffe zuzuschlagen – aber sie war zu langsam. Leonie rammte ihr den Handballen so fest gegen den Solarplexus, dass die Notarin nach Luft schnappte und einige Schritte rückwärts taumelte.

Heike schrie auf.

»Los jetzt.« Leonie packte ihren Unterarm und zog sie mit sich. Erst jetzt löste sich die Buchhändlerin aus ihrer Erstarrung und sprintete los. Einen Augenblick hatte es den Anschein, als wollte Olschewski ihnen nachlaufen, aber dann knallte diese die Tür zu und verschwand im Haus. Die Frauen rannten zu ihren Rädern und rasten über die Kaapdelle bis zur Strandpromenade.

»Puh, das war knapp.« Heike, die nach Luft japste und eine Pause brauchte, stieg ab. Sie stellte ihr Fahrrad auf den Ständer und ließ sich auf eine der dort stehenden Bänke fallen. Dort stützte sie die Hände auf die Oberschenkel und rang nach Atmen.

Leonie lehnte ihren Drahtesel an die Bank und setzte sich neben sie. Im Gegensatz zur Buchhändlerin schnaufte sie nur etwas.

»Die hat Holtkamp gekillt, da bin ich sicher.«

»Könnte sein.« Heikes Puls beruhigte sich langsam wieder.

»Ruf deinen Bullenfreund an. Olschewski ist gemeingefährlich.«

»Jan ist Polizist, kein Bulle. Zudem sind wir unerlaubt auf Olschewskis Grundstück eingedrungen und du hast sie tätlich angegriffen.«

»Das war Notwehr. Willst du die Sache wirklich auf sich beruhen lassen?«

»Momentan will ich einfach nur nach Hause. Ich bin vollkommen erledigt und kann keinen klaren Gedanken mehr fassen.«

»Dann schreiben wir heute nicht mehr zusammen?« Leonie schob die Unterlippe vor.

»Echt nicht.« Heike schüttelte den Kopf und stand auf.

»Schade. Dann sehen wir uns morgen in der Buchhandlung.« Die Literaturstudentin stand auf.

»Wo willst du denn hin?«

»In meine Ferienwohnung. Du willst doch nicht mehr schreiben.«

»Stimmt. Aber ich möchte ungern allein sein. Da Jan noch immer rund um die Uhr arbeitet, wäre es schön, wenn du heute Nacht bei mir bleiben würdest. Ich muss nur schnell das Bett im Gästezimmer beziehen. Dann kannst du dich schon mal an dein neues Zimmer gewöhnen.«

»Ich habe keine frische Wäsche dabei.«

»Kein Problem. Ich kann dir etwas leihen.«

»Dann bleibe ich gerne bei dir.«

Heike stand auf und die Freundinnen radelten gemeinsam zu ihrem Haus in den Dünen. Als sie die Tür hinter ihnen schloss und die Sicherheitskette einrasten ließ, fiel die Anspannung von der Buchhändlerin ab. In ihren eigenen vier Wänden fühlte sie sich sicher.

Vielleicht sollte sie Jan doch anrufen, damit er … *was* unternehmen konnte? Da Olschewski ihnen nur gedroht und Leonie die Frau sogar angegriffen hatte, konnte Jan nichts für sie tun – im Gegenteil. Sie konnten froh sein, wenn die Notarin sie nicht wegen Körperverletzung und Hausfriedensbruch anzeigte.

»Was ist mit dir los? Du siehst vollkommen fertig aus.« Leonie trat zu ihr und ergriff ihre Hände. Anscheinend hatte sie die Ereignisse deutlich besser weggesteckt.

»Das Plakat an Olschewskis Tür anbringen zu wollen, war eine blöde Idee«, sagte Heike.

»Da ist was dran. Ich hätte auf dich hören sollen. Jetzt können wir es aber nicht mehr ändern. Wenn dein Bullenfr… wie hieß er noch gleich?«

»Jan. Das solltest du langsam wissen.«

»Sorry, aber ich bin auch etwas durch den Wind. Wenn Jan hier auftaucht, werde ich alle Schuld auf mich nehmen. Schließlich habe ich Olschewski gestoßen.«

»Aber nur, um mich zu retten«, wandte Heike ein.

»Ist doch egal«, winkte Leonie ab. »Ich würde jetzt gern aus den verschwitzten Klamotten raus. Kann ich kurz duschen und danach frische Wäsche anziehen?«

»Kein Problem. Irgendwo müsste ich noch die rosafarbene Jogginghose haben. Dazu bekommst du einen weichen Pullover in knalligem Grün und gelbe Kuschelsocken.«

»Mit meinen blauen Strähnchen sehe ich dann aus wie ein modischer Frontalunfall.« Leonie schüttelte lachend den Kopf.

»Ich werde ein Foto von dir machen und es im Internet posten«, neckte sie Heike.

»Untersteh dich!« Leonie drohte ihr spielerisch mit der Faust.

»Ich zeige dir schnell das Gästezimmer.«

Heike öffnete eine Tür und ließ ihre Freundin eintreten. Diese zog sich aus und huschte dann ins Badezimmer. Während die Studentin duschte, bezog Heike das Bett. Sie hatte das Kopfkissen gerade in den Bezug gestopft und glattgestrichen, als Leonies Smartphone, das sie auf die Kommode gelegt hatte, vibrierte.

Heike warf einen Blick auf das Display, auf dem der Schriftzug *Mama* angezeigt wurde. Darunter war eine Borkumer Telefonnummer sichtbar.

Wie ich dir schon erzählt habe, haben mir meine Eltern bei ihrem Tod kaum etwas hinterlassen.

Heike konnte sich noch gut daran erinnern, dass Leonie im Studium allein zurechtkommen musste, weil ihre Eltern angeblich gestorben waren. Von Adoptiv- oder Pflegeeltern hatte sie nie gesprochen.

Weshalb hatte sie gelogen, noch dazu, da ihre Mutter offensichtlich auf Borkum wohnte? Wieso hatte sie sich eine Ferienwohnung genommen und lebte nicht bei ihren Eltern? Hatte sie sich mit ihren Erzeugern überworfen? Warum …

Fragen wirbelten in ihrem Kopf herum wie Sandkörner in einem Sturm. Heike lauschte. Da sie das Rauschen des Wassers hören konnte, stand Leonie noch unter der Dusche.

Sie zog ihr eigenes Smartphone aus der Tasche und wählte die angezeigte Nummer. Wenige Augenblicke später wurde ihr Anruf entgegengenommen. Als Heike den Namen hörte, drückte sie das Gespräch so rasch weg, als hätte sie mit dem Teufel höchstpersönlich gesprochen.

Audiodatei

Borkum, Juli

Melanie Olschewski ballte die Hände zu Fäusten. Sie zwang sich zur Ruhe, obwohl sie ihre Einrichtung am liebsten in ihre Einzelteile zerlegt hätte. Niemandem war geholfen, wenn sie ihren Gefühlen freien Lauf ließ und dabei Fehler machte, die sie später bitter bereuen würde.

Die Notarin warf einen Blick auf das Plakat, das sie nach der Flucht der beiden Frauen aufgehoben und auf den Küchentisch gelegt hatte.

Auch wenn die Demonstration gegen das Dünenresort, zu der damit aufgerufen wurde, das Projekt nicht zwangsweise stoppen musste, würde es das Genehmigungsverfahren sicherlich erheblich verlangsamen.

Das Resort war längst nicht mehr nur eine Herzensangelegenheit, sondern inzwischen ein finanzieller Rettungsanker, ohne den sie Schiffbruch erleiden würde.

Da sie ihr gesamtes Vermögen in die *Strandperle GmbH* gesteckt hatte, würde sie auch die halbe Million, die die Übertragung von Holtkamps Gesellschafteranteilen in ihre Kasse spülte, nicht mehr retten.

Olschewski griff nach dem Plakat und riss es in winzige Fetzen, die langsam zu Boden schwebten. Ihr Anwalt konnte die Ökoterroristen mit seinem juristischen Waffenarsenal sicherlich zum Schweigen bringen.

Um Mönkeberg würde sie sich selbst kümmern.

Sie zog das Smartphone aus der Hosentasche, suchte nach der Audiodatei, die Holtkamp ihr zugeschickt hatte, und spielte diese ab.

Darauf waren die streitenden Stimmen von Holtkamp und Mönkeberg zu hören, die mit jedem Wort etwas lauter wurden.

»Du bist nur ein Sesselfurzer, der in einer muffigen Amtsstube sitzt und es niemals zu etwas bringen wird.« Der herablassende Tonfall des Maklers war ihr nur zu gut bekannt.

»Ach ja? Dann wird dieser Sesselfurzer dafür sorgen, dass das Dünenresort niemals gebaut werden wird.«

»Du hältst mich nicht auf. Notfalls mache ich meinen Einfluss geltend und sorge für deine Versetzung. Dein Nachfolger wird bestimmt etwas kooperativer sein.«

»Damit kommst du nicht durch.«

»Du bist so austauschbar wie eine Marionette. Bei meinen Plänen halte ich stets alle Fäden in der Hand und es gibt nichts, was du dagegen tun kannst.«

»Du wirst Borkum nicht mit diesem Monsterbau verschandeln.«

»Ach ja? Was willst du dagegen unternehmen?«

»Eher bringe ich dich um«, schrie Mönkeberg.

Olschewski stoppte die Aufnahme und spulte etwas zurück.

»… bringe ich dich um.«

»… bringe ich dich um.«

»… bringe ich dich um.«

Sie spielte die Stelle immer wieder ab, wobei sich ihre dünnen Lippen zu einem hämischen Grinsen verzogen.

Mönkeberg hatte sich mit den falschen Leuten angelegt. Nun würde er mit den Konsequenzen leben müssen. Sie tippte auf eine im Kurzwahlverzeichnis hinterlegte Telefonnummer. Wenige Minuten später legte sie das Smartphone auf den Tisch. Nun würden die Dinge ihren Lauf nehmen.

Telefonat

Borkum, Juli

Hansen steckte das Smartphone in die Tasche seines Friesennerzes.

»Wer hat angerufen?« Jan blickte seinen Vorgesetzten, der mit ihm zu Mönkeberg unterwegs war, fragend an. Die Polizisten waren bei dem Anruf nur noch zwei Gehminuten vom Haus des Verdächtigen entfernt gewesen.

»Olschewski. Sie hat mir von der Audiodatei erzählt, auf der Mönkeberg dem Makler mit dem Tod droht.«

»Holtkamp?«

»Wem denn sonst?«

»Sorry, das war eine dämliche Frage.«

»Jo.«

»Demnach ist er unser Mann.«

»Da sein Alibi geplatzt ist, wird er der Täter sein.« Hansen kaute auf seinem Zigarrenstumpen.

»Worauf warten wir dann noch? Wir müssen ihn festnehmen.«

»Das war noch nicht alles.«

»Was ist denn noch?«

»Deine Freundin wollte mit einer anderen Frau bei Olschewski einbrechen. Sie haben die Notarin tätlich angegriffen und sind dann verschwunden.«

»Heike?«

»Sach mal, wie viele Freundinnen hast du denn? Wir werden uns zunächst Mönkeberg vornehmen und danach …«

»Ich kläre das mit Heike. Dafür gibt es sicherlich eine plausible Erklärung«, unterbrach Jan seinen Vorgesetzten.

»Du wirst nichts dergleichen unternehmen. Ich kümmere mich später darum. Los jetzt, worauf wartest du?«

Der Hauptkommissar schritt über den gekiesten Weg zu dem kleinen Haus, in dem der Verdächtige wohnte.

»Auf der Rückseite gibt es eine Terrassentür«, raunte Hansen seinem Kollegen zu. »Pass auf, dass Mönkeberg dort nicht abhauen kann.«

»Okay.« Jan schlich um das Haus herum.

Der alte Polizist warf einen kurzen Blick in das Fenster, hinter dem ein Lichtschein zu sehen war, konnte aber niemanden erkennen. Er schritt zur Haustür und klingelte. Nach einem Moment hörte er schlurfende Schritte und die Tür wurde geöffnet.

»Ragnar, was machst du denn hier?« Karin Mönkeberg sah ihn mit weit aufgerissenen Augen an.

»Ist Jonas bei dir?«

»Ja. Worum geht es denn?«

»Du hast ihm ein falsches Alibi gegeben. Er war in der Mordnacht bei Holtkamp.«

Hansen drängte sich an der verdutzten Ehefrau vorbei und eilte durch die offen stehende Tür ins Wohnzimmer.

»Hier ist er nicht. Wo könnte …« Das Klirren von Glas ließ den Hauptkommissar verstummen.

»Das kam aus der Küche.«

Sichtlich konsterniert deutete Karin zur Tür am Ende des Flurs und Hansen hetzte dorthin.

Der Boden war mit Glasscherben übersät. Jan rangelte mit Jonas, der anscheinend durch die Hintertür verschwinden wollte. Bei der Auseinandersetzung war eine Glaskaraffe vom Tisch gefallen und auf den Fliesen zerbrochen.

»Ich bin unschuldig!«, schrie Mönkeberg wie von Sinnen und schlug nach dem jungen Polizisten.

»Jonas, lass den Scheiß. Damit machst du alles noch viel schlimmer.« Die Stimme des Hauptkommissars hallte wie Donnergrollen durch den Raum.

Der Angesprochene hielt mitten in der Bewegung inne und blickte dann vom Hauptkommissar zu seiner Frau, die im Türrahmen stand.

»Es ist vorbei.« Ihre Stimme zitterte. Tränen rannen über ihre Wangen.

»Ich habe Holtkamp nicht getötet.« Mönkeberg ließ sich von Jan nun widerstandslos Handschellen anlegen.

»Es gibt ein Foto, auf dem du in der Mordnacht vor Holtkamps Haus zu sehen bist. Zudem existiert eine Audiodatei, auf der du dem Makler mit dem Tod drohst.«

»Ragnar, du kennst mich doch.« Er sah den Hauptkommissar flehentlich an.

»Das habe ich auch gedacht, aber anscheinend habe ich mich geirrt. Hast du die Tatwaffe nach dem Mord bei Wilken versteckt?«

»Ich. Habe. Holtkamp. Nicht. Getötet.« Der Beamte betonte jedes einzelne Wort, als sei Hansen ein dummer Schüler, der einen einfachen Zusammenhang nicht begreift.

»Du hattest ein Motiv, die Gelegenheit und das Mittel. Wo hattest du die Tatwaffe eigentlich her?«

»Wovon redest du?«

»Sag du es mir.«

»Ist das ein Psychospielchen? Ich habe Holtkamp nicht getötet, wie oft soll ich das denn noch sagen?« Mönkebergs Stimme war nun leiser. »In der Mordnacht wollte ich den Mistkerl dazu bringen, die Audiodatei und mögliche Kopien zu löschen, aber er hat mir nicht geöffnet, obwohl seine Protzkarre im Carport stand. Ich habe mehrmals geklingelt und an einige Fenster geklopft und bin dann unverrichteter Dinge wieder nach Hause gegangen. Am nächsten Morgen habe ich dann von Holtkamps Ermordung erfahren.«

»Ich habe ihm ein Alibi gegeben, um ihn aus dem Kreis der Verdächtigen auszuschließen. Jonas mag mitunter ein Bullerballer sein, aber er würde niemals jemanden umbringen«, versicherte Karin Mönkeberg.

»Wir werden die Sache überprüfen. Zunächst muss ich Jonas allerdings festnehmen. Jan, kannst du das Sprüchlein wegen seiner Rechte aufsagen?«

Eine halbe Stunde später hatten die Polizisten Mönkeberg in die Arrestzelle gesperrt.

»Ich werde jetzt mit Olschewski reden.« Hansen schlurrte zum Ausgang der Polizeistation.

»Ich komme mit.« Jan erhob sich.

»Nichts da. Du bleibst bei dem Gefangenen und koordinierst die weiteren Ermittlungen.«

»Was genau soll ich denn koordinieren?«

»Es könnten weitere Telefonate oder Hinweise eingehen.«

»Was ist mit Heike?«

»Der werde ich nach Olschewski einen Besuch abstatten. Zuvor will ich wissen, was genau geschehen ist.«

»Kann ich nicht mit ihr …«

»Was immer du fragen willst: Die Antwort ist Nein«, bestimmte Hansen und verließ die Polizeistation.

Ermittlungsansatz

Borkum, Juli

Jan hackte so fest auf seine Tastatur ein, dass ein Plastiksplitter von der Enter-Taste abplatzte. Er war noch immer sauer auf Hansen, weil dieser ihn wieder einmal als Hilfssheriff abgekanzelt hatte, der Telefondienst machen sollte. Schließlich hätte auch er losziehen, Olschewski befragen und hinterher mit Heike reden können.

Mönkeberg hatte nach seiner Verhaftung kein Wort mehr gesagt und saß in sich zusammengesunken auf der Pritsche in seiner Zelle.

War dieser Mann ein Mörder? Arbeitete er mit der Witwe zusammen? Konnte er der Komplize sein, nach dem Jan gesucht hatte? Der junge Polizist forschte im Internet nach einer Verbindung zwischen Mönkeberg und Holtkamp – allerdings ohne einen Hinweis darauf zu finden.

Sollte Holtkamp tatsächlich eine Schwarze Witwe sein, würde sie Mönkeberg sicherlich nicht als nächsten Ehemann erwählen. Mit seinem Einkommen als Beamter spielte er nicht in der finanziellen Liga ihrer Opfer – von denen er aller Wahrscheinlichkeit nach aber nichts wusste.

Hatte sie mit ihm eine Affäre begonnen, um einen Mordkomplizen zu haben? Möglich, aber unwahrscheinlich, da er seine Geliebte bei Beendigung des Verhältnisses aus Rache hätte auffliegen lassen können. Wenn Jan Mönkeberg als Komplizen aber ausschloss, stand er wieder ganz am Anfang.

»Ich drehe mich gedanklich im Kreis.« Der Polizist lehnte sich in seinem Stuhl zurück und überlegte, wem er als Komplizen bei einem Mord vertrauen würde.

Einem Freund, auf den er sich hundertprozentig verlassen konnte. Einem Menschen, der etwas ausgefressen hatte und die Klappe halten würde, weil er bei einem Geständnis ebenfalls ins Gefängnis gehen würde. Einem Bruder …

Bruder.

Schwester.

Kinder.

Familie.

Blut war immer dicker als Wasser.

Verdammt, warum war er nicht früher darauf gekommen?

Jan tauchte erneut ins weltweite Datenmeer ein – ohne jedoch eine verwandtschaftliche Beziehung von Jennifer Holtkamp zu einer anderen Person zu finden. Da ihm konkrete Hinweise fehlten, konnte er im Internet wochenlang nach Fotos, Geburtsanzeigen oder anderen Unterlagen suchen, ohne etwas zu entdecken. Wenn er die Witwe mit seinen Fragen konfrontierte, konnte sie hellhörig werden und mögliche Beweise verschwinden lassen – von daher schied diese Möglichkeit zunächst auch aus.

Vielleicht wusste Elvira Scheurer, die mit Holtkamp in der Mordnacht in Oldenburg gewesen war, etwas. Jan öffnete die elektronische Akte und las sich das Vernehmungsprotokoll der Freundin durch. Aber auch dort war keine Rede von Familienmitgliedern.

Einen Moment lang war er versucht, sie anzurufen und nachzuhaken, aber um diese Zeit schlief sie sicherlich schon. Da er sie zudem nicht mit einer Dringlichkeit hellhörig werden lassen wollte, schrieb Jan eine Mail, in der er sie bat, sich wegen Routinefragen im Mordfall Holtkamp bei ihm zu melden.

Mail

Borkum, Juli

Jennifer Holtkamp surfte im Internet nach potenziellen Kandidaten für eine weitere Hochzeit, als sie eine Mail von Elvira Scheurer bekam.

Sie runzelte die Stirn und blickte auf die Digitalanzeige ihres Weckers, deren Ziffern 00:24 anzeigten. Auch wenn Elvira eine Nachteule war, hatte Jennifer um diese Zeit noch nie eine Nachricht von ihr erhalten. Sie öffnete die Nachricht und überflog die Zeilen.

Ich habe vorhin eine Mail von der Borkumer Polizei bekommen. Jepsen hat anscheinend noch Fragen zu dem Mord an Michael. Hast du eine Ahnung, was der noch von mir wissen will? Gibt es Hinweise auf den Täter? Ich habe keine Lust, in die laufenden Ermittlungen reingezogen zu werden.

Jennifer japste nach Luft. Erst jetzt wurde ihr klar, dass sie beim Lesen den Atem angehalten hatte.

War ihr der Jungspund auf die Schliche gekommen? Wenn er mitten in der Nacht Mails verschickte, war ihm entweder langweilig – was nach den Ereignissen der letzten Tage eher unwahrscheinlich war – oder er verfolgte eine heiße Spur.

Jennifer öffnete das Kurzwahlverzeichnis in ihrem internen Telefonbuch und scrollte zu einem Kontakt namens *Engel*.

Mit dem einzigen Menschen, dem sie bedingungslos vertraute, hatte sie vereinbart, sich nur in Notsituationen zu melden. Handelte es sich jetzt um eine solche Situation oder sah sie inzwischen Gespenster? Wenn sie ihren Lieblingsmenschen über die mögliche Bedrohung aber nicht informierte und dieser verhaftet wurde, würde sie sich lebenslang

Vorwürfe machen – schließlich hatten sie erst nach vielen Jahren zueinandergefunden und waren seitdem zu einer unzertrennlichen Einheit zusammengewachsen.

Wir beide gegen den Rest der Welt hatten sie sich in einer Sektlaune geschworen. Jennifer würde es sich nie verzeihen, wenn ihr Engel verhaftet würde, weil sie diesen nicht rechtzeitig gewarnt hatte. Sie drückte auf das Symbol mit dem grünen Hörer und hielt sich das Smartphone ans Ohr.

Familienbande

Borkum, Juli

Jennifer Holtkamp.

Der Name hallte wie ein niemals enden wollendes Echo in Heikes Kopf. Was hat Leonie mit der Witwe zu tun?

Mama.

Heike warf einen Blick auf das Display von Leonies Smartphone, das nun einen Anruf in Abwesenheit anzeigte.

»Hast du irgendwo einen Föhn?«

Leonie trat ins Zimmer. Bekleidet war sie mit Heikes Bademantel, den sie nach dem Duschen übergezogen hatte. Wasser tropfte aus ihren Haaren und fiel auf den Kragen, wo es vom Frotteestoff aufgesogen wurde.

»Im Schrank unter dem Waschbecken. Ich bringe ihn dir.«

Heikes Herz raste. Ihr Mund war so trocken, als hätte sie ihn mit Sand ausgerieben.

»Lass mal, dort werde ich ihn schon finden.«

Leonie wollte sich gerade umdrehen, als ihr Smartphone kurz vibrierte und dann wieder ruhig war. Demnach hatte sie eine Nachricht bekommen. Leonie runzelte die Stirn und ging zur Kommode.

Heike nutzte den Moment und schlüpfte aus dem Zimmer.

Bis vor wenigen Augenblicken hatte sie sich in ihrem Haus sicher gefühlt. Wenn der Feind aber *darin* war, wurde die sicher geglaubte Burg zu einer Falle, aus der es kein Entrinnen gab.

Heike rannte durch den Flur, wobei sie das eigene Smartphone fest in der linken Hand hielt. Sie musste unbedingt Jan anrufen und ihm von ihrer Entdeckung berichten – selbst auf die Gefahr hin, dass alles nur ein Missverständnis war.

»Wo willst du denn hin?« Leonies Stimme erklang hinter ihr.

Statt einer Antwort packte Heike den im Schloss steckenden Schlüssel und drehte ihn herum. Zumindest hatte sie das vor, aber sie rutschte auf dem schmalen Metallstück ab und versuchte es erneut – dieses Mal mit Erfolg.

Leonie näherte sich mit raschen Schritten, allerdings ohne zu rennen. Demnach schien sie nichts Unrechtes getan zu haben – oder war sie nur sicher, dass Heike nicht entkommen konnte? Die Buchhändlerin riss die Tür auf, aber diese öffnete sich nur einen Spaltbreit. Erst jetzt erinnerte sich Heike an die Sicherheitskette, die sie vorhin angelegt hatte.

Um diese aus der Halterung zu bekommen, musste sie die Tür zunächst wieder schließen, den Stift bis zum Ende der Verstrebung ziehen und dann durch die runde Öffnung entfernen. Ein Kinderspiel – wenn man die Zeit dafür hatte.

Heike blickte über die Schulter zu Leonie, die nur noch zwei Meter von ihr entfernt war. In ihrer Panik packte sie die Klinke und ruckelte fest an der Tür, aber die Schrauben, mit denen die Sicherheitskette am Holz befestigt war, hielten.

»Wer bist du?« Heike drehte sich zu Leonie um.

Da sie nicht durch die Tür entkommen konnte, musste sie sich Zeit verschaffen, in der sie Jan anrufen und ihn um Hilfe bitten konnte.

»Deine neue Freundin.« Leonie grinste. »Zumindest war ich das bis zu dem Moment, an dem du von meiner Mutter erfahren hast. Du hättest sie nicht anrufen sollen.«

»Ich … weiß nicht, wovon du sprichst.« Auch wenn Heike ihrer Stimme einen möglichst festen Klang geben wollte, konnte sie ein Zittern darin nicht verhindern.

»Echt jetzt? Du willst mich mit einer so billigen Lüge abspeisen? Selbst von einer Provinzschreiberin wie dir hätte ich mehr Fantasie erwartet.«

»Wieso … weshalb …«

»… warum, wer nicht fragt, bleibt dumm«, äffte Leonie mit kindlicher Stimme das Titellied der Fernsehserie *Sesamstraße* nach.

»Verschwinde einfach, okay?« Heike riss sich zusammen und deutete auf die Tür. Wenn sie Leonie weiterhin so ängstlich anstarrte wie das Kaninchen die Schlange, würde sie diese Nacht nicht … *überleben*?

Der Gedanke, dass ihre angebliche Freundin eine Mörderin war, traf sie mit der Wucht eines Vorschlaghammers.

»Keine Sorge, ich werde von hier verschwinden.« Leonie machte einen Schritt auf Heike zu und stand ihr nun auf Armeslänge gegenüber. »Allerdings erst, nachdem ich dich zum Schweigen gebracht habe.«

»Ich werde nicht reden«, versicherte Heike schnell.

»Stimmt, das wirst du nicht. Wenn ich mit dir fertig bin, wirst du kein Wort mehr sagen können. Für immer.«

Heike überlegte nicht, sie handelte instinktiv.

Mit einem Aufschrei stürzte sie sich auf ihre Widersacherin, und in einem Gewirr aus Armen und Beinen gingen die beiden zu Boden. Dabei rutschte Heike ihr Smartphone aus der Hand und schlitterte unter das Schuhregal.

Die Buchhändlerin krallte ihre Finger in Leonies Haare und riss ihren Kopf zurück. Dann rammte sie ihr den Ellenbogen in die Rippen. Ihre Widersacherin stöhnte auf.

Heike nutzte den Moment und robbte zum Schuhregal. Sie griff nach dem Smartphone und stand auf. Zumindest hatte sie das vor, aber Leonies Finger umschlossen ihren rechten Knöchel wie ein Stahlreif und zogen daran.

Heike tanzte auf einem Bein, während sie gleichzeitig das Gerät mit einem Daumenabdruck entsperrte. Hektisch tippte sie auf das Telefonsymbol. Bevor sie auf die Ziffern 110 hämmern konnte, schrie sie schmerzerfüllt auf.

Nach dem Tritt gegen das linke Knie hielt sich Heike noch einige Sekunden lang aufrecht und wedelte mit den Armen, als wollte sie fliegen. Dann forderte die Schwerkraft ihren Tribut und sie fiel zu Boden.

Instinktiv ließ sie das Smartphone fallen und streckte die Hände vor, um den Sturz abzufangen – was ihr nur teilweise gelang, denn sie krachte in den Garderobenständer und riss das Möbelstück um. Immerhin dämpften die Jacken ihren Sturz etwas. Heike rappelte sich sofort auf.

Zumindest versuchte sie es, aber bevor sie wieder auf die Füße kommen konnte, hatte Leonie den Gürtel des Bademantels um ihren Hals gewickelt und zog daran.

Heike krallte ihre Finger in den Stoffgürtel, um etwas Luft zu bekommen, rutschte aber immer wieder ab.

»Bitte … nicht«, krächzte sie mit kaum hörbarer Stimme.

»Nenne mir einen Grund, warum ich dich nicht sofort töten sollte.«

»Wir … Freundinnen.« Das Sprechen schmerzte, als würden die Buchstaben aus Heftzwecken bestehen.

»Freundinnen, echt jetzt?« Leonie wickelte den Gürtel noch einmal um Heikes Hals und zog sie dann wie einen störrischen Hund hinter sich her in die Küche.

»Es war so einfach, dein Vertrauen zu gewinnen. Ihr Insulaner seid dämlicher als die Seehunde auf der Sandbank.«

»Warum?« Heike versuchte erneut, Druck von ihrem Hals zu nehmen, aber Leonie zog unbarmherzig an dem Gürtel.

»Geld. Geht es letzten Endes nicht immer nur darum?«

Heike starrte ihre Peinigerin mit weit aufgerissenen Augen an. Durch den Sauerstoffmangel war ihr schwindlig.

»Geben. Geld«, krächzte Heike mit kaum noch vernehmbarer Stimme.

»Du willst mir Geld geben, damit ich dich leben lasse?«

Heike nickte schwach. Einige bange Sekunden lang geschah nichts, dann wurde die Schlinge um ihren Hals gelockert.

Gierig sog Heike die Luft in ihre Lungen.

»Von welchem Geld redest du?«

»Ersparnisse. In Schatulle.«

»Wo befindet sich deine kleine Schatztruhe?«

»Schrank. Schlafzimmer.«

Urplötzlich zog sich der Gürtel um ihren Hals wieder zu und Leonie schob einen Stuhl in ihre Richtung.

»Setzen!«

Als Heike sich erhob, tanzten bunte Blitze vor ihren Augen und sie drohte ohnmächtig zu werden. Mit letzter Kraft hievte sie sich auf die Sitzfläche.

Wenige Augenblicke später hatte Leonie ihr mit dem Gürtel die Hände auf den Rücken gefesselt und diesen an die Verstrebungen der Lehne geknotet.

»Warte hier auf mich, hörst du?« Leonie grinste hämisch und marschierte dann aus der Küche.

Heike wartete, bis sie auf dem Flur war, und versuchte dann, sich von den Fesseln zu lösen – allerdings erfolglos. Sie konnte die Handgelenke lediglich um einige Millimeter nach oben und unten bewegen. Da das keinesfalls reichte, um sich aus ihrer misslichen Lage zu befreien, stemmte Heike die Füße fest auf den Boden und drückte sich mitsamt dem Stuhl nach oben. Dabei wurde ihr wieder schwindlig und sie drohte umzufallen. Nach einigen bangen Sekunden war das Gesichtsfeld wieder klar.

Mit Trippelschritten lief sie rückwärts und krachte mit dem Stuhl gegen die Wand – in der Hoffnung, dass die hölzernen Verstrebungen brachen und sie sich auf diese Weise befreien konnte. Als sie die Hände zwischen Wand und Stuhl einklemmte, unterdrückte sie einen Schmerzensschrei, biss die Zähne zusammen und versuchte es erneut. Dieses Mal wurde sie mit einem Knacken belohnt und eine Verstrebung zerbrach.

Sie ruckte mit der linken Hand hin und her. Bei jeder Bewegung hatte sie etwas mehr Spielraum und nach einer gefühlten Ewigkeit konnte sie die Hand endlich befreien.

Rasch löste sie damit den Gürtel, befreite die andere Hand und eilte zum Fenster. Von dort aus konnte sie in die Dünen laufen und es mit etwas Glück bis zur Polizeistation schaffen.

»Willst du mich verarschen?«

Leonie stürmte in die Küche, packte Heike an der rechten Schulter und riss sie herum. Die Buchhändlerin schlug nach ihrer Gegnerin, aber diese wich dem Hieb geschickt aus. Wenige Augenblicke später hatte Leonie Heike wieder in ihre Gewalt gebracht und sie mit Paketband aus der Schublade unter dem Herd wie eine Postsendung verschnürt.

»Wie soll ich das denn zu Geld machen?«

Leonie ging neben der auf dem Boden liegenden Heike in die Hocke und hielt ihr ein Sparbuch unter die Nase.

»Wir gehen zusammen zur Bank und ich lasse mir den Betrag auszahlen.« Heike blickte ihre Widersacherin trotzig an.

»Ich weiß nicht, ob du dreist oder einfach nur dämlich bist. Letzten Endes ist es auch egal, weil es genau das sein wird. Dein Ende.« Leonie pfefferte das Sparbuch in eine Ecke.

»Mit einem Mord kommst du nicht durch. Im ganzen Haus sind Spuren von dir.«

»Natürlich sind sie das. Sogar dein Bullenfreund weiß, dass wir hier zusammen ein Buch geschrieben haben. Ich werde mir sogar den Spaß machen, es zu beenden und dann zu veröffentlichen. Du bekommst sogar eine herzzerreißende Widmung. Wie gefällt dir: *Gegangen, aber nie vergessen*?«

»Du musst mich nicht töten.«

»Du weißt genau, dass ich dich nicht leben lassen kann. Du weißt zu viel.«

»Hast du … Holtkamp umgebracht?«

»Yep. Wie alle anderen Ehemänner meiner Mutter zuvor. Die reichen Säcke glauben, dass sie sich mit ihrem Vermögen alles kaufen können. Mama hat sich mit siebzehn Jahren von einem dieser Schnösel zunächst blenden und dann schwängern lassen. In ihrer Naivität hat sie von einem glücklichen Familienleben geträumt, du weißt schon: Kinder, Küche und ein Hund. Stattdessen hat er ihr Geld für eine Abtreibung in die Hand gedrückt und ist auf Nimmerwiedersehen verschwunden.«

»Dieses Kind warst du.«

»Du bist ein schlaues Mädchen. Mama hat mich nicht abgetrieben, sondern zur Adoption freigegeben. Meine Adoptiveltern wollten ein niedliches Mädchen, das in ihre heile Welt passte. Zunächst war ich auch ein süßes Ding, zumindest den Fotos nach. Aber dann wurde ich aufsässig und unbequem. Die letzten vier Jahre vor meiner Volljährigkeit habe ich in einem Heim für schwererziehbare Kinder verbracht. Ich hatte eine Stinkwut auf meine Mutter, die mich nach der Geburt im Stich gelassen hatte. Viele Jahre lang habe ich nach ihr gesucht. Als ich sie endlich gefunden hatte, habe ich überraschenderweise kein Monster entdeckt, sondern eine einsame Frau mit Schuldgefühlen, die sich mit Gelegenheitsjobs über Wasser hielt. Statt ihr meine Wut ins Gesicht zu schleudern, habe ich sie in den Arm genommen.«

»Was hat das mit Holtkamp zu tun?«

»Dein Mangel an Fantasie ist selbst für eine Hobbyautorin erbärmlich.« Leonie schüttelte in einer theatralischen Geste den Kopf. »Mama und ich hatten die Nase voll von einem Leben an der Armutsgrenze und haben einen perfiden Plan entworfen, mit dem wir uns an den Männern rächen und sie gleichzeitig um ihr Vermögen bringen konnten.«

»Deine Mutter ist eine Schwarze Witwe.«

»Gute Kombinationsgabe, Miss Marple«, spottete Leonie und fuhr dann fort. »Wir haben uns auf Dating-Plattformen umgesehen. Die Männer protzen dort geradezu obszön mit ihrem Reichtum. Nach der Wahl eines Opfers haben wir den Vermögenshintergrund geprüft und uns um mögliche Erben Gedanken gemacht. Wie du dir sicher denken kannst, haben wir nur alleinstehende Männer ausgesucht. Während meine Mutter den heiratswütigen Vollpfosten um den kleinen Finger wickelte, habe ich im Hintergrund sein Ableben vorbereitet. Mama und ich, wir sind ein unschlagbares Team. Da ich noch immer den Nachnamen meiner Adoptiveltern trage, hat uns niemand miteinander in Verbindung bringen können.«

»Warum hast du dich mit mir angefreundet?«

»Da du mit einem Bullen liiert bist, wollte ich über dich an Informationen zu den Mordermittlungen kommen. Das hat leider nicht so gut geklappt, weil dein Freund kaum darüber gesprochen hat.«

»Hast du die Leiche verbrannt, um dem Feuerteufel die Tat in die Schuhe zu schieben?«

»Bist du wirklich so blöd? Ich bin …«

»… der Feuerteufel. Mit den Bränden wolltest du nur von dir ablenken.«

»Wie du siehst, habe ich an alles gedacht. Zumindest an *fast* alles. Mit deinem Anruf bei meiner Mutter hatte ich nie gerechnet. Nun muss ich etwas improvisieren. Wo hast du deine Putzmittel?«

Heike, die bei dieser Frage an die Flasche mit dem Haushaltsspiritus unter der Spüle dachte, schüttelte in stummem Entsetzen den Kopf. Wollte Leonie sie damit übergießen und bei lebendigem Leib verbrennen?

Der Gedanke war so grauenvoll, dass Heike schrie wie nie zuvor in ihrem Leben.

Gnadderkopp

Borkum, Juli

Ragnar Hansen saß in Olschewskis Wohnzimmer in einem Sessel. Sein gelber Friesennerz bildete einen farblichen Kontrastpunkt zu dem weißen Möbelstück. Die Notarin hatte ihm gegenüber auf dem Sofa Platz genommen.

»Woher haben Sie die Audiodatei, auf der Holtkamp mit dem Tod bedroht wird?«, fragte der Hauptkommissar.

»Von Holtkamp. Er hat mir die Datei zugeschickt für den Fall, dass ihm etwas passiert.«

»Und warum haben Sie uns erst jetzt darüber informiert?« Hansen ließ den Zigarrenstumpen in den linken Mundwinkel wandern.

»Weil ich …« Olschewski verstummte und hob in einer hilflos anmutenden Geste die Arme.

»… Mönkeberg zunächst mit der Aufnahme erpressen wollte«, beendete der Hauptkommissar den Satz.

»Natürlich nicht. In dem Trubel der letzten Tage habe ich nicht mehr daran gedacht.«

»Tünkram«, winkte Hansen ab. »Da Mönkeberg anscheinend nicht mit Ihnen kooperieren wollte, haben Sie ihn ans Messer geliefert und hoffen nun im Rathaus auf einen Nachfolger, den Sie mit Schmiergeldern oder Drohungen gefügig machen können. Ist es nicht so?«

»Das ist reine Spekulation«, echauffierte sich die Notarin. »Sollte das Dünenresort nicht gebaut werden, sind Sie pleite. Sie haben nichts mehr zu verlieren.«

Olschewski entgleisten die Gesichtszüge. »Woher wissen Sie das?«

»Ich mache nur meinen Job«, wich der Hauptkommissar einer direkten Antwort aus und fuhr dann fort: »Trotz Mönkebergs Verhaftung sind Sie noch immer auf der Liste meiner Verdächtigen, schließlich profitieren Sie erheblich von Holtkamps Tod.«

»Ich bin ein Opfer, keine Täterin.« Sie deutete auf ihren Solarplexus. »Gessner und ihre Begleiterin wollten in mein Haus eindringen. Dabei haben sie mich körperlich angegriffen.«

»Was könnten die Frauen bei Ihnen gesucht haben?«

»Woher soll ich das denn wissen?«

»Kann es etwas mit der Demonstration gegen das Dünenresort zu tun haben? Vielleicht wollten die beiden einfach nur mit Ihnen über das Bauprojekt reden. Wenn sich die Insulaner in aller Öffentlichkeit gegen das Dünenresort stellen, werden die Pläne schneller in der Schublade verschwinden, als Sie *Moin* sagen können. Möchten Sie eigentlich Strafanzeige gegen die beiden Frauen stellen?«

»Selbstverständlich.«

Hansen, der nichts anderes erwartet hatte, nickte bedächtig und stand auf. »Dann werde ich der Sache nachgehen. Bitte halten Sie sich zu unserer weiteren Verfügung. Ich finde alleine raus.«

Er erhob sich und schlurrte in den Clogs aus dem Wohnzimmer, das in seinen Augen so gemütlich war wie die Ausstellung in einem Möbelgeschäft. Vor dem Haus schwang sich der Hauptkommissar auf seinen modernen Drahtesel und radelte zum Haus von Heike Gessner.

Die Strecke legte er wie auf Autopilot geschaltet zurück. Die Verhaftung von Mönkeberg hatte sich genauso falsch angefühlt wie die Festnahme von Wilken, der nun aus der Untersuchungshaft entlassen werden würde.

Seiner Meinung nach waren die beiden Insulaner nur Marionetten in einem perfiden Spiel. Er hatte allerdings keine Ahnung, wer an den Strippen zog und warum Gessner sich unbedingt mit Olschewski anlegen musste.

Hatte die Buchhändlerin heimlich ermittelt, damit sie einen neuen Roman schreiben konnte? Obwohl Hansen Jans Freundin inzwischen zu kennen glaubte, war er in manchen Momenten noch immer unsicher, ob sie nur literarisch tötete oder ihre mörderischen Fantasien auch in der Realität auslebte.

Der Hauptkommissar legte die letzten Meter durch die Dünen zurück. Vor dem Haus der Buchhändlerin stellte er sein Fahrrad an die Wand – neben die beiden anderen Räder, die dort standen. Demnach schien Gessner Besuch zu haben.

Handelte es sich dabei um die Freundin, von der Olschewski gesprochen hatte? Der Gedanke, dass die beiden Frauen einen teuflischen Plan ausheckten, ließ ihn nicht mehr los.

Vor dem Klingeln würde er daher zunächst versuchen, ein Gespräch zu belauschen. Da in der lauen Sommernacht einige Fenster gekippt oder sogar geöffnet sein würden, konnte er vielleicht etwas hören.

Um vom Haus aus nicht gesehen zu werden, presste sich Hansen an die Außenmauer und schob sich Meter für Meter bis zur nächsten Ecke vor. Dort ging er auf die Knie und krabbelte um das Gebäude herum – wobei er sich reichlich bescheuert vorkam. Wenige Augenblicke später war er unter einem Fenster, das allerdings geschlossen war.

Der Hauptkommissar fluchte leise und setzte seinen Weg bis zur Rückseite des Gebäudes fort. Wie er von seinen früheren Besuchen her wusste, befanden sich dort die Küche und eine Tür, durch die man auf die Terrasse gelangte.

Urplötzlich wurde die nächtliche Stille von einem Schrei zerfetzt, der ihn für einen Moment erstarren ließ.

Hansen richtete sich auf – wobei seine Knie protestierend knackten – und rannte in geduckter Haltung bis zur Terrasse. Plötzlich hörte er ein Klatschen, und der Schrei brach abrupt ab. Der Hauptkommissar lugte durch das Küchenfenster.

Obwohl es im Raum dunkel war, konnte er im Mondlicht, das durch das Fenster fiel, genug erkennen. Eine Person, bei der es sich um Heike handeln musste, lag mit Paketband verschnürt auf dem Fußboden. Neben ihr hockte eine Frau, die ihr anscheinend gerade eine Ohrfeige verpasst hatte und – der erhobenen Hand nach zu urteilen – ein weiteres Mal zuschlagen wollte.

Hansen zog sein Smartphone aus der Hosentasche und rief Jan an.

»Ragnar, was willst du?«

»Komm sofort zu Heike.«

»Was ist denn?«

»Sie ist gefesselt. Los jetzt.«

Der Hauptkommissar steckte das Gerät wieder ein und linste erneut durch das Fenster. Der Kopf der Unbekannten war in dem Schrank unter der Spüle verschwunden.

Einen Augenblick lang überlegte Hansen, auf seinen Kollegen zu warten, dann entschied er sich dagegen. Wenn die Frau abgelenkt war, konnte er sie überwältigen. Zudem wusste er nicht, ob Heike die nächsten Minuten überleben würde.

Aber wie sollte er unbemerkt ins Haus gelangen? Er sah sich um. Dabei fiel sein Blick auf eine Blechmöwe, die neben Blumentöpfen auf der Terrasse stand. Wenn ihn seine Erinnerung nicht täuschte, hatte Jan die Figur in einem Gespräch als Schlüsselversteck erwähnt.

Er eilte zu dem Vogel und hob ihn hoch, aber darunter lag kein Schlüssel. Der Hauptkommissar schüttelte die Figur. Dabei klapperte etwas im Inneren des Schnabels und fiel dann heraus. Erfreut wollte er sich nach dem Schlüssel bücken, aber dabei handelte es sich nur um eine rostige Schraube, die sich aus dem Scharnier gelöst haben musste.

»Schiet ok«, fluchte Hansen.

Den Gedanken, eine Scheibe einzuschlagen, verwarf er wieder, weil Heikes Peinigerin das Geräusch von splitterndem Glas hören konnte. Frustriert betrachtete der Hauptkommissar die Terrassentür, die nur angelehnt zu sein schien.

Wie hatte ihm das nur entgehen können?

Er drückte gegen den Rahmen, und mit einem leisen Quietschen schwang die Tür nach innen auf. Hansen zog seine Waffe und durchquerte mit schnellen Schritten den Raum.

Vorsichtig öffnete er die Tür zum Flur einen Spaltbreit und spähte hinaus. Nichts war zu sehen. Aus der Küche hörte er ein Poltern, dann einen erstickten Schrei.

Nun durfte er keine Zeit mehr verlieren.

Der Hauptkommissar rannte los und stürmte in die Küche. Er hatte gerade einen Schritt in den Raum gemacht, als etwas Rundes auf ihn zuraste. Instinktiv duckte er sich weg, war aber zu langsam. Mit einem laut hörbarem *Klong* knallte die Pfanne gegen seine linke Kopfseite. Einen Moment stand er noch aufrecht, dann gaben seine Knie nach und er fiel in sich zusammen wie eine Puppe, aus der die Luft abgelassen wird. Heikes Widersacherin beugte sich über ihn.

»Du bist dümmer, als die Polizei erlaubt. Denkst du wirklich, dass du auf der Terrasse mit einem Blechvogel spielen kannst, ohne dass jemand etwas davon bemerkt? Ich habe dir die Terrassentür öffnen müssen, weil du zu dämlich bist, in ein Haus einzubrechen. Ich werde jetzt alle Vorhänge zuziehen, damit niemand mehr in die Zimmer sehen kann. Ein Provinzbulle wie du …«

Die Worte wurden immer leiser, bis sie schließlich in der Dunkelheit, die Hansen wie eine schwarze Decke einhüllte, verschluckt wurden.

Hilfssheriff

Borkum, Juli

Sie ist gefesselt. Los jetzt.

Jan war nach dem Telefonat mit seinem Vorgesetzten sofort aufgesprungen. Die Müdigkeit, die seine Glieder schwer wie Beton gemacht hatte, war verschwunden. Er warf einen kurzen Blick auf den Gefangenen, der sich auf der Pritsche ausgestreckt hatte und zu schlafen schien.

Der junge Polizist hetzte zu seinem vor der Dienststelle stehenden Fahrrad, strampelte mit der Geschwindigkeit eines Profisportlers über die Waterdelle Richtung Dünen und war bereits wenige Minuten später vor Ort.

Er stieg vom Rad ab und legte es vom Haus aus uneinsehbar in den Sand. Vorsichtig schlich er sich an.

»Ragnar, wo bist du?«, flüsterte er, bekam aber keine Antwort. Da das E-Bike des Hauptkommissars noch an der Hauswand lehnte, musste er in der Nähe sein.

Jan schlich um das Haus herum und spähte in die Fenster. Da die Vorhänge überall zugezogen waren und nirgendwo Licht brannte, konnte er nichts erkennen.

War Hansen aufgeflogen oder versteckte er sich in den angrenzenden Dünen? Einem ersten Impuls folgend wollte Jan ihn anrufen, entschied sich dann aber dagegen. Wenn sein Vorgesetzter das Smartphone wieder nicht auf stumm geschaltet hatte, konnte ihn das Klingeln gefährden.

Jan überlegte einen Moment. Auch wenn er nicht wusste, was ihn im Inneren des Hauses erwartete, musste er Heike retten.

Lautlos huschte er zur Eingangstür und zog seinen Schlüsselbund hervor. Glücklicherweise hatten Heike und er vor drei Monaten ihre Zweitschlüssel ausgetauscht. Damals war es ein Zeichen des Vertrauens gewesen, mit dem sie ihre

Beziehung intensivieren wollte – jetzt konnte ihr Überleben davon abhängen.

Der Gedanke, dass er zu spät kommen würde und seine Freundin bereits tot war, war stärker als jede Vernunft. Obwohl Hansen auf der Lauer liegen oder es einen anderen plausiblen Grund dafür geben konnte, dass er sich nicht meldete, wollte Jan keinesfalls länger warten.

Er schloss die Tür auf, konnte aber nicht eintreten, weil etwas Schweres auf dem Boden lag und das Öffnen verhinderte. Die Vorstellung, dass es ich dabei um Heikes Leiche handelte, verlieh ihm Kräfte und er drückte die Tür auf und schlüpfte hindurch. Zu seiner Erleichterung lag nur der umgefallene Garderobenständer auf dem Boden.

Jan blieb stehen und lauschte. Aus der Küche hörte er ein leises Wimmern. Er schlich zur offen stehenden Tür.

Heike lag auf dem Boden, sie war mit Paketband gefesselt. Auf einem Stuhl saß Hansen. Die linke Seite seines Gesichts war geschwollen, sodass sein Kopf wie eine mutierte Kartoffel wirkte. Neben ihm stand eine Frau und hielt ihm eine Pistole an die Schläfe.

»Komm rein, wir feiern gerade eine Party.«

Jan blieb reglos stehen und überlegte fieberhaft, wie er seine Gegnerin überlisten konnte, die ihn offensichtlich bemerkt hatte. Urplötzlich bellte ein Schuss auf.

»Das war keine Bitte, sondern ein Befehl. Beim nächsten Mal ziele ich nicht daneben.«

»Damit haben Sie einen großen Fehler gemacht«, hörte er Hansen sagen. »Mein Kollege hat eine Allergie gegen Befehle. Wenn ich ihm etwas sage, wirft er mir immer etwas an den Kopf. Können Sie so freundlich sein und meine Zigarre aufheben? Die habe ich beim Sturz verloren. Sie liegt direkt vor Ihren Füßen.«

»Einen Scheiß werde ich. Reinkommen, aber sofort.«

Im ersten Augenblick hatte Jan das Gerede seines Vorgesetzten für Blödsinn gehalten, aber jetzt begriff er, was Hansen wollte. Er bückte sich nach einer von Heikes Sommerjacken, presste das Kleidungsstück zu einem Stoffballen zusammen und holte tief Luft. Wenn der Plan nicht funktionierte, konnte das sein letzter Atemzug gewesen sein.

Ohne weitere Überlegung warf Jan die Jacke in die Küche. Das Kleidungsstück breitete sich im Flug immer weiter aus und … wurde dann von Kugeln durchlöchert.

»Jetzt!«, schrie Hansen und warf sich auf die Schützin. Diese drehte sich zur Seite, war aber nicht schnell genug. Der Hauptkommissar erwischte ihren Arm und hielt sich daran fest. Nun stürzte sich auch Jan auf die Verbrecherin.

Diese wirbelte trotz Hansens Griff herum und richtete die Dienstpistole seines Vorgesetzten, die sie fest in der rechten Hand hielt, auf ihn. Ein weiterer Schuss bellte auf. Der junge Polizist ging zu Boden und blieb reglos neben Heike liegen.

»Nein!«, schrie Heike wie von Sinnen und für einen Sekundenbruchteil schien die Zeit stillzustehen, als hielte das Universum den Atem an.

Dann ereigneten sich die Dinge so schnell hintereinander, dass es wirkte, als würden sie gleichzeitig geschehen.

Jan, der nicht getroffen worden war, weil Hansen die Schützin mit einem Ruck aus der Schussposition gebracht hatte, ergriff ihre Beine und zog daran. Seine Gegnerin ruderte mit den Armen und verlor das Gleichgewicht. Dabei knallte sie mit dem Kopf gegen die Kante des Küchentisches und blieb benommen liegen. Wenige Sekunden später klickten die Handschellen.

Neuerscheinung

Borkum, November

»Bei dem Sturm werde ich den Rest des Tages lesend auf meinem Sofa verbringen.« Der ältere Herr nahm im *Borkumer Bookje* einen Roman aus dem Regal mit den Kriminalromanen.

»Das ist nur eine steife Brise. Sturm ist erst, wenn die Schafe keine Locken mehr haben«, zitierte Hansen, der auch in der Buchhandlung war, einen beliebten Postkartenspruch.

Der Kunde ignorierte den Hauptkommissar und folgte Heike Gessner mit seiner Lektüre zur Kasse, wo er das Buch bezahlte. Wenige Augenblicke später öffnete er die Tür und verließ das Geschäft. Ein Windstoß wehte herein und fächerte einige Bücher auf. Hansen drückte die Tür hinter ihm zu.

»Der Kerl hätte ruhig etwas netter sein können«, grummelte er.

»Der Mann ist schwerhörig. Wenn er seine Hörgeräte nicht eingeschaltet hat, bekommt er kaum etwas mit«, erklärte die Buchhändlerin.

»Das ist natürlich etwas anderes. Ist der Titel deines neuen Buches nicht etwas reißerisch?«, wechselte der Polizist das Thema und ging zur Pyramide im Eingangsbereich der Buchhandlung, auf der Heikes neuer Roman *Borkumer Feuerteufel* auslag.

»Keinesfalls«, verteidigte sich die Autorin und kam hinter ihrem Kassentresen hervor. »Leonie Kornbrenner hat euch schließlich ordentlich Feuer unterm Hintern gemacht.«

»Kann man so nicht sagen. Wir hatten sie schon lange auf dem Kieker und haben nur auf den passenden Moment gewartet.«

»Blödsinn. Durch eure Dusseligkeit wäre ich beinahe gestorben.«

»Solange ich auf Borkum meinen Dienst verrichte, wirst du immer in Sicherheit sein. Ich habe dir mit meinem beherzten Eingreifen das Leben gerettet, hast du das etwa schon vergessen?« Hansen warf sich in die Brust. »In deinem Buch werde ich hoffentlich als Held gefeiert.«

»Nee. In der Geschichte bist du ein ostfriesischer Vollpfosten, der sich von der Verbrecherin eine Bratpfanne über den Schädel ziehen lässt.« Jan kam mit einem Stapel Bücher aus dem Büro und wuchtete diese auf die Eingangspyramide.

»Echt jetzt?« Die Frage galt Heike, die die Bücher entgegennahm und auf der Auslage verteilte.

»Ähnlichkeiten mit lebenden oder toten Personen sind rein zufällig und nicht beabsichtigt«, antwortete sie, ohne ihre Arbeit zu unterbrechen.

»Auch wenn du den Spruch nach jeder Veröffentlichung aufsagst, ist die Ähnlichkeit des Helden mit mir sicherlich nicht zu übersehen«, brüstete sich Hansen.

»Man braucht schon viel Fantasie, um eine Ähnlichkeit zwischen dir und der Romanfigur herzustellen«, lästerte Jan. »Sein Mitarbeiter hingegen ist mir wie aus dem Gesicht geschnitten.«

»Jan, meiner literarischen Figur kannst du nicht das Wasser reichen, denn die ist in jeder Hinsicht perfekt.«

»Wie meinst du das denn?«

»Wie ich es sage. Im Leben gibt es nun einmal keine Perfektion und …«

»… deshalb muss sie sich mit dir rumärgern.« Hansen lachte, wurde aber schnell wieder ernst. »Jan hat mir erzählt, dass die Mörderin in deiner Geschichte die Tatwaffe bei einem Unschuldigen versteckt hat. Damit meinst du hoffentlich nicht die blutbefleckte Eisenstange, die Kornbrenner nach dem Mord an Holtkamp in Wilkens Schuppen gebracht hat, damit wir sie dort finden.«

»Wie kommst du denn darauf? In meinem Roman wird das Opfer mit einem Hammer erschlagen. Das ist etwas vollkommen anderes.« Heike grinste.

»Hm. Weiß nicht.« Der Hauptkommissar kaute auf seinem Zigarrenstumpen und deutete dann auf die Schlagzeile *Kein Dünenresort* der Borkumer Tageszeitung, die Heike in einem Ständer im Eingangsbereich präsentierte. »Ich bin froh, dass die Windlooper den Bau mit ihren Demonstrationen verhindern konnten. Da Mönkeberg nach seiner Inhaftierung an die Öffentlichkeit gegangen ist, hatte ich mit dieser Ratsentscheidung schon früher gerechnet. Aber die Mühlen der deutschen Verwaltung mahlen nun einmal langsam.«

Hansen griff nach der Zeitung und blätterte darin. Plötzlich stutzte er und deutete auf eine Werbeanzeige. »Klei mi ann Mors. Wilken vermakelt Olschewskis Villa und die *Admiralskajüten*. Das ist ein Gebäude mit sechzehn Wohnungen und zwei Gewerbeeinheiten. Allein damit wird er mehr Geld verdienen als in den letzten Jahren.«

»Nach Holtkamps Tod ist er richtig durchgestartet«, bestätigte Heike. »Was man von Olschewski nicht behaupten kann.«

»Jo. Die Notarin hat nach einem Shitstorm im Internet viele Kunden verloren. Auf Borkum will niemand mehr etwas mit ihr zu tun haben. Hat man inzwischen eigentlich herausgefunden, wer den Gesellschaftsvertrag der *Strandperle GmbH* online gestellt hat?« Hansen sah von Heike zu Jan, die einen kurzen Blick wechselten, ihn dann mit Unschuldsmienen anblickten und wie auf ein unsichtbares Stichwort hin die Köpfe schüttelten. »Dachte ich mir doch. Schade, dass manche Verbrechen nie aufgeklärt werden.«

»Yep«, bestätigte Jan. »Dafür werden sich Jennifer Holtkamp und ihre mörderische Tochter für ihre Taten vor einem Gericht verantworten müssen.«

»Nach meiner Zeugenaussage rechne ich mit einer Verurteilung von Leonie. Für ihre Morde wird sie viele Jahre im Gefängnis verbringen.«

»Sie hat dich nur benutzt, um an ermittlungsrelevante Informationen zu kommen. Hast du das denn nicht bemerkt?« Jan ergriff Heikes Hand und hielt sie fest.

»Leider nicht. Eine Weile dachte ich wirklich, dass wir gute Freundinnen werden könnten. Nie zuvor habe ich mich in einem Menschen derart getäuscht.«

»Du kennst Jans wahres Gesicht noch nicht. Wenn der erst einmal seine Maske fallen lässt … leg die Gesamtausgabe von Harry Potter sofort wieder zurück.«

Der junge Polizist, der die Buchkassette mit beiden Händen umfasst hielt und diese wie einen Schläger geschwungen hatte, stellte sie auf die Auslage zurück.

»Ich mach mich besser vom Acker, bevor ich von Literatur erschlagen werde.« Hansen griff nach einer Ausgabe des *Borkumer Feuerteufels* und schlurrte damit zum Kassentresen. »Der alte Herr hatte vorhin vollkommen recht. Bei dem Schietwetter kann man es sich am besten mit einem Buch gemütlich machen.«

»Wie jetzt? Du hast an diesem Wochenende Dienst und Zeit zum Schmökern? Was ist denn mit der ganzen Arbeit?« Jan stemmte die Hände in die Seiten.

»Die lege ich auf deinen Schreibtisch.«

»Ich schenke dir das Buch. Viel Spaß beim Lesen.« Heike winkte ab, als Hansen seine Geldbörse aus der Hose kramte.

»Das ist nett. Dann werde ich mir jetzt eine Kanne Männerkaffee kochen, eine Zigarre paffen und lesen. Wir sehen uns Montag«, sagte er an Jan gerichtet. »Komm nicht zu spät, du wirst eine Menge zu tun haben. Holl di munter.«

Der Hauptkommissar verabschiedete sich und trat hinaus in den Herbststurm. Der junge Polizist drückte die Tür hinter ihm zu und sah sich in dem leeren Geschäft um.

»Kannst du die Buchhandlung heute auch früher schließen? Bei dem Wetter wird kaum noch ein Kunde kommen.«

»Gute Idee.« Heike holte ihren Schlüsselbund, verschloss die Ladentür und machte den Kassenabschluss.

»Super. Dann können wir es uns bei dir gemütlich machen.«

»Gerne. Aber erst, nachdem du die Buchhandlung auf Vordermann gebracht hast. Du wolltest mir heute helfen, hast du das etwa schon vergessen?«

»Natürlich nicht. Aber was machst du in der Zeit?«

»Ich fahre nach Hause, nehme ein warmes Bad und öffne dann eine Flasche Wein. Lass mich nicht zu lange warten.« Sie küsste ihn, legte die Tageseinnahmen in den Tresor und verließ die Buchhandlung durch den Hinterausgang.

Jan sah ihr nach, bis sich die Tür hinter ihr geschlossen hatte. Dann machte er sich an die Arbeit.

Ostfrieslandkrimi-Empfehlungen des Klarant Verlages

Kennen Sie auch schon die anderen Bücher der beliebten Ostfrieslandkrimi-Serie *Borkumer Polizei ermittelt* von Dörte Jensen? In der Serie sind bislang folgende Ostfrieslandkrimis erschienen:

»Der Tote im Strandzelt«, Band 1
Taschenbuch ISBN: 978-3-96586-518-1
eBook ISBN: 978-3-95573-519-8
Klappentext:
»Ein erfolgreicher Mann wie ich hat viele Feinde.« Klaus Bakker lässt sich von Drohungen nicht einschüchtern, doch nur kurze Zeit später liegt er verbrannt in einem seiner Strandzelte! Luxuriöse Ausstattung, dazu eine moderne Milchbar: Der junge Unternehmer sorgte auf Borkum innerhalb kürzester Zeit für Furore und zog die Gäste der Ostfriesischen Insel mit seinen Angeboten an wie ein Magnet. Hat womöglich einer seiner hoffnungslos unterlegenen Borkumer Konkurrenten Bakker auf dem Gewissen?

Hauptkommissar Ragnar Hansen und sein junger Kollege Jan Jepsen finden heraus, dass das Mordopfer alles andere als ein Unschuldslamm gewesen ist. Fiel der Jungmillionär, der sich als moderner Casanova verstand, seinem rücksichtslosen Lebenswandel zum Opfer?

Ein verräterisches Foto aus der Tatnacht führt die Borkumer Polizisten zudem auf eine Spur, mit der sie nicht gerechnet hätten …

»Borkumer Nacht«, Band 2
Taschenbuch-ISBN: 978-3-96586-566-2
eBook-ISBN: 978-3-96586-573-0

»Borkumer Melodie«, Band 3
Taschenbuch-ISBN: 978-3-96586-624-9
eBook-ISBN: 978-3-96586-625-6

»Borkumer Sturm«, Band 4
Taschenbuch-ISBN: 978-3-96586-681-2
eBook-ISBN: 978-3-96586-682-9

»Borkumer Inselglitzer«, Band 5
Taschenbuch-ISBN: 978-3-96586-731-4
eBook-ISBN: 978-3-96586-732-1

»Borkumer Flaschenpost«, Band 6
Taschenbuch-ISBN: 978-3-96586-776-5
eBook-ISBN: 978-3-96586-777-2

»Borkumer Feuerteufel«, Band 7
Taschenbuch-ISBN: 978-3-96586-875-5
eBook-ISBN: 978-3-96586-876-2

Klarant Verlag

Lernen Sie die Ostfrieslandkrimi-Titel des Klarant Verlages kennen und besuchen Sie uns im Internet unter:

www.ostfrieslandkrimi.de

und

www.klarant.de

Sie können dort Näheres über unsere Autorinnen und Autoren erfahren, viele weitere interessante Bücher und eBooks finden und Leseproben herunterladen. Mit dem kostenlosen Newsletter auf

www.ostfrieslandkrimi-lesen.de

erhalten Sie aktuelle Informationen rund um das Verlagsprogramm wie beispielsweise spannende Neuerscheinungen und Gewinnspiele.